Y. 5492.

Ke.

I0564702

1 e

9813

AMUSEMENS

A LA GRECQUE,

O U

LES SOIRÉES

DE LA HALLE.

AMUSEMENS

A LA GRECQUE,

OU

LES SOIRÉES DE LA HALLE,

Par un Ami de feu V A D É.

Avec quelques Piéces détachées tant en profe qu'en vers, du même Auteur.

Le prix eſt de **24** *ſols.*

A ATHENES,

DANS LE TONNEAU DE DIOGENE,

Et ſe vend

A PARIS,

Chez C u i s s a r t, Libraire, au milieu du Pont au Change, à la Harpe.

M. DCC. LXIV.

AVERTISSEMENT.

D'Après le fentiment de feu Vadé, avec qui j'étois lié, je me hazarde à donner ce petit Ouvrage, dont partie a été approuvée par cet ami. Sans vouloir me mefurer avec cet Auteur amufant, je me flate que par rapport à lui & à la nouveauté du fujet, le Public fera un accueil favorable à ces Amufemens nocturnes. Il faut, comme il a déja été dit, pour l'agrément du débit, imiter l'infle-

AVERTISSEMENT.

xion poiffarde & traînante à la fin de chaque phrafe, pour les Actrices, & d'un ton enroué, en contrefaifant la voix des Héros de la Scéne qui fe paffe aux Halles, ce qui fera indiqué par des guillemets.

AMUSEMENS

NOCTURNES,

OU LES SOIRÉES

DE LA HALLE.

L'APRÉS-SOUPER

DE LA HALLE.

AU sortir d'un souper sur la fin du printems,
Voulant nous amuser & passer notre tems,
Tous amis de la joie, enclins à la ribote,
Nous fumes à la Halle aboyer la Javote ;
En têtè un peu de vin qui rend toujours gaillards,
Ce qui nous fit tenir des discours égrillards ,
Javote, en arrivant, me fait mettre auprès d'elle,
Je lui dis des douceurs : » tais-toi donc, l'haridelle;
» Quin, vois donc, ma commere, il est comme un
     » cristal ,   A

» Il est tout transparent avec son air fatal.

Quoi, déja m'agonir ! Est-ce la bonne envie

Que j'ai de vous aider & payer l'eau de vie ?

» Monsieu voudroit sans doute être payé par mois,

» De vouloir nous aider en écossant des pois :

» Ah ! pardonnez l'excus' que je venons de faire ;

» Buvons plûtôt du paf, ç'a d'vient plus nécessaire,

Aussitôt j'envoyai chercher du brandevin,

Pour elles chacun sait que c'est un jus divin.

Après quelques coups bus, Margot cherchant que-
 relle,

A qui cette liqueur montoit à la cervelle,

Invective Fanchon avec les plus gros mots,

Tenant sur son mari les plus mauvais propos ;

Lui disant qu'il n'avoit qu'une fausse mesure :

Fanchon piquée au vif, riposte avec injure :

» Il est mieux partagé que ton fareau manqué,

« (Dit aussitôt Fanchon,) car je l'ons bien r'luqué.

» Ah ! t'en a bin menti, j'pouvons prouver l'con-
 » traire,

Reprend alors Margot, se mettant en colere,

» C'est bon pour ton mari qui te sert de sout'neur,

» Et qui fait son méquier de trafiquer d' l'honneur ;

» Dans les bains de S. Côme il se sauve à la nage ;

» Il n' peut s'en démentir, c'est peint sur son visage ;

» Les boutons qu'on y voit d'un & d'autre côté,

» Font voir qu'il a besoin d'être encor tricoté.

La sœur de ce fareau vint, jettant feux & flâme ;

» Ah, chienne de carogne ! il faut que j' te mang'
 » l'ame !

» Finis donc, la Cateau, tu ne le voudrois pas

» Qu'ell's'en aille en enfer, attens donc mon trépas

» Ce que j'difons eſt vrai ſur le compt' de ton frere,

» Et je te poche un œuil, ſi tu n'veux pas te taire.

» Toi, tu me ferois taire, avec tes yeux cireux,

» Ton paſſ'partout à cul, ou ton né tout terreux !

» Ç'a ne ſ'ra pas du vrai, car ſi je m'effarouche,

» C'eſt cauſé par l'odeur de ta puante bouche.

» A moi, puante, à moi ! tu nous baves dans l'œuil;

» Que la peau d'Lucifer te ſerve de linceuil ;

» Que l'trou de ſon ponant te ſerv' de tabatiere,

» Et que ſa queue en feu te torche le derriere ,

» Dégoutant linge à barbe, encens de vuidangeur,

» Loquette de morue, enſeigne à déshonneur !

» Si je prends mon ſabot, je te caſſ'rai là gueule ;

» V'là toujours un à compte, éponge de bégueule !

Auſſitôt je les vois toutes aux mains venir.

Perdant la patience, & n'y pouvant tenir,

Je veux les ſéparer, mais j'avois trop à faire,

Les coups & les orions devinrent mon ſalaire ;

Un revers de la main me fit trop bien ſentir

Qu'il me manquoit deux dents, à mon grand re-
pentir.

Me mettant à l'écart pour prendre ma revanche,

Je pris mon ſotiſier de Fête & de Dimanche.

» Parle donc, eh ! Cateau, ma foi, tu le payras,

» De ce ſoufflet donné tu te reſſouviendras ;

» Je veux te procurer un habit de veſtale

» Pour une année au moins au temple de la Gale *.

* La Salpétriere.

» Selette à criminel, matelat ambulant,

» Pucelle à tous les jours qui ne fent que le r'lant !

» Dans les commodités tu pourrois être utile

» Pour faire aller de peur & dévoyer la bile.

» Ton regard feul fuffit quand tu veux tout gâter ;

» Il faudroit de l'odeur pour pouvoir t'écouter !

« Tu te tairas peut-être, enfant d' chœur de galere !

« Acout' donc, la Fanchon, quin, vois-tu fa colere?

« Il va gagner un rhume, il eft tout effouflé ;

« Repofez-vous un peu, car vous êtes gonflé.

« N'parlez pas tant, Monfieu, vous favez que ç'a
  « l'ufe.

« Il voudroit nous fair' peur, ou bien c'eft qu'il
  » s'amufe.

« Pas vrai donc, ma commere ? on voit ç'a dans
  « fes yeux,

« Dont l'un eft en colere & pis l'autre amoureux.

» Cela n'eft pas de toi, tu n'en vaux pas la peine,

» Et je ferois certain de n'avoir pas l'étrenne.

« Eh bin, ç'auroit été beaucoup d'honneur pour
  « toi.

« Si j'ons prêté le mien, c'eft qu'il étoit à moi ;

« A l'âge de quinze ans j'en étions la maîtreffe,

« Pour moins d'un p'tit écu j'ons fait voir ma lar-
  « geffe ;

« Et fi j'ons foutenu les brocards jufqu'au bout,

« Tu n'as plus rien à dire, un mari couvre tout !

« Et puis, quoi que tu t'mêle, eft-ce que c'eft ton
  « affaire?

« Puifque t'es chaponné, tu n'es plus néceffaire ;

« Au surplus, le prêtant, je n' l'avons pas do né,

« Et vas à fon voifin pour y fourrer ton né.

    « Pefte du bacchanal, quel dévoiement de bou-

    « che !

« Va, n'apréhende pas que jamais je te touche ;

« Je fçai ce qu'il en coute à ceux qui vont te voir ;

« Ces bourgeons à ton front font trop apercevoir

« Que les fleurs provenant d'un arbre qui fupure,

« Sont des fleurs de péché fatal à la nature.

« Va, rubis de S. Roch *, vieux cloaque empefté,

« Sagouin mis au rebus, oifeau mal empâté ;

« J'efpere un jour te voir au château de Bicêtre,

« Et tu peux compter que « je t'y voirai peut-être.

« Ah ! cadet, finis donc, tu nous fait déja peur,

« Tu r'ffemble à Nicodeme avec ton air goailleur ;

« Tu fais que ton habit eft fec comme alumette,

« Ainfi ne prends pas feu, remets-toi la luette.

« Eh ! Cateau, tais ta gueule, as-tu le diabl' dans

    « l'cou

« De vouloir abimer c't'engendré de coucou ?

Je voulus répliquer, il me fut impoſſible,

Je m'enfuis au plus vîte : » adieu donc, frer' ter-

    » rible,

« Je te remercierons quand tu viendras nous voir ;

« Mais pour qu'à l'avenir tu faſſ' mieux ton devoir,

« Fais réguifer ta langue fur la pierre infernale,

« Et puis j'te f'rons tourner au Moulin de la Halle ** :

---

* Grain de pefte qu'on repréfente fur les effigies de ce Saint.

** Le Pilory.

» Je fomm' pourtant fàchés d'avoir caffé ta dent,
» Mais tu n'as pas un zefte à dire en t'la rendant.
Moi, craignant de nouveau que Cateau ne m'ac-
    cable ,
Je gagnai la couline en l'envoyant au diable ;
Heureux d'être échapé de ce maudit pays ,
Pour aller déjeuner, j'apellai mes amis ;
J'avois bon appétit & grand befoin de boire,
Ce qui bannit mon mal bien loin de ma mémoire.

BOUQUET

*Pour le jour de Sainte Anne , à une Dame
qui étoit à Paris lorfque l'Auteur étoit
à M....*

JE fuis trop enchanté d'être avec le beau Sexe ,
Pour ne pas écouter fa converfation ;
Je connois ce plaifir, & mon ame perplexe
Le favoure à longs traits en toute occafion.
    A deux Dames hier j'allois rendre vifite :
On ne peut arriver, ma foi, plus à propos
(Me dit-on en entrant) notre joie eft fubite.
    Voici le fait en peu de mots.
C'eft la fête demain d'une perfonne aimable ,
    Il lui faut un bouquet de votre part ;
Nous vous avons jugé pour ce fujet capable,
Ainfi dépéchez-vous, il fe fait déja tard.

Il eſt bon cependant qu'avant l'on vous crayor ne
L'eſquiſſe au naturel de ſon portrait charmant,
L'Amour ſiége en ſes yeux, la Beauté l'environne,
Elle a l'art de fixer dès le premier inſtant ;
Joignez à ces attraits les ſentimens de l'ame,
A la bonté du cœur, le brillant de l'eſprit,
Un flateur entretien qui charme & qui ſéduit,
Enfin capable en tout d'inſpirer une flâme.
   Par le détail de ce portrait
    En moi je ſentois croître
    Le deſir de connoître
   L'original de cet aimable objet.
Sans répliquer en rien je ſors à l'inſtant même,
Sans faire à ce diſcours nulle réflexion,
Et ne demande pas d'autre explication.
    Avec un ſoin extrême
    Je m'informe des lieux
    Où s'étale la bouquetiere ;
J'en trouve une en chemin qui, ſes fleurs au der-
  riere,
S'en retournoit chez elle, ou pour m'expliquer
  mieux,
    Les portoit dans ſa hotte ;
Je l'apelle auſſitôt : » bon ſoir, maman Javotte,
   » Vous galopez diablement fort,
   » C'eſt cauſe que je ſue à groſſes gouttes.
   » Bon ſoir itou, cadet le r'tord,
   » On voit qu' t'as chaud, car tu dégoutes.
Par ſon laconiſme & ſon ton,
   Pour mieux me faire entendre,
       A iv

Je me crus obligé de prendre
Et fa maniere & fa façon :
» Te v'la bell' comme une fultane,
» Je voudrions, la mer' Tanpis,
» Un beau bouquet, n'import' le prix,
    » C'eft pour une Anne.
    » Allez, Monfieu l'baudet,
» Montez deffus pour fon bouquet,
  » Et ne nous fichez pas d'la goaille.
» Mais écout' la maman, ne crois pas que je raille.
» Je n'vous entendons pas, Monfieu le gauffeux,
    » Je n'pouvons pas fair' votre emplette,
    » Si vous n'vous expliquez pas mieux.
» Eh bin, entendras-tu par le nom de Nanette,
» (Lui répliquai-je alors ?) Paffe encor pour s'tell'là
    » J'la connoiffons, c'eft notr' patronne,
» Et j'ons prié l'fonneur qui m'carrillonne,
    » De ne rien épargner pour ça ;
» J'vons le rejoindre, & j'vons répondre à fa ten-
  » dreffe,
» Il m'en connoît affez pour lui pareillement,
    » Ainfi dis ce qu'tu veux d'moi promptement,
    » Car tu vois bin que l'tems me preffe.
« Ne te fàch' pas, maman, je te l'ai déja dit,
    « C'eft un bouquet avec fa queue.
» Ma foi d'dieu, t'es l'bâtard d'la barbe bleue,
» J'en avons un de refte à donner d'l'apétit ;
    » Quin, fans ôter ma hotte,
» Enfonc' ta main au cul, tu fentiras l'paquet,
    » Ou, fi tu veux la botte.

En retirant ſes fleurs le prix ſe fait ;
Pour ne pas m'amuſer je la paye d'avance.
» Eh bien ! v'là qu'eſt du propr', ça n'eſt pas fa-
» goter,
   » Je ſuis (dit-elle) & ſans trop me vanter,
   » Pour le bon gout, la ſeull' qu'on ait en
      » France,
» Renommée en tous lieux pour mes rares talens,
» On me demand' partout pour fleurir les D'moi-
   ſelles,
» Je garnis de bouquets pains bénis & chapelles,
» Et j'fournis à Paris le bœuf gras tous les ans.
» Voilà les plus beaux brins de la Reine d'Hon-
   » grie *
» Qui ſoutiennent la queue ; eſt-c'qui n'eſt pas bien
   » fait ?
» Comment le trouve-tu ? moi, lui dis-je, fort laid.
» Vas donc, membre abrégé de la galanterie,
» Donn'-moi que j'te la r'dreſſe & que j'en coupp'
   » le bout,
» Pour qu'il ſoit à ton gré, viens ici que j't'arrache
      » Tout ce feuillag' qui couvre & cache
» Une fleur au milieu qui ſeule vaut le tout.
» Allons, dépêchez-vous, cadet à double mouche;
« Je m'en garderai bien, car l'odeur de ta bouche
      « Eſt cauſe que tout eſt fané.
      » Eh mais vraiment, Monſieu l'damné,
      » Avec ton propos ridicule !
      » Crois-tu que j't'allons chier des fleurs

* Fleur qui approche beaucoup du barbeau.

A v

» Qui conferveront leurs couleurs
» Jufqu'après l'tems d'la canicule ?
» De bonn' foi, l'euffe-tu cru ?
» Parle-moi franc, n'en veux-tu pu ?
» Tu n'as qu'à me le rendre.
» J'y confens volontiers, mais rends-moi mon ar-
  » gent.
» Ton argent ! fi t'en tât' ça n's'ra que d'une dent.
        » Tu n'voudrois pas le r'prendre ;
      » Je n'pouvons pas non plus te le changer,
        » Attendu que j'n'en ons pas d'autres,
Il faudra de ft'illa pourtant te contenter.
Moi que l'on met toujours au rang des bons apô-
  tres,
Piqué de ne pouvoir tenir à fon caquet,
Au diable, de bon cœur, j'envoye la Marchande,
Et je la laiffe aller pour éviter l'efclande.
Le moins mal que je pus j'arrange mon Bouquet,
        Non pas que je plaignois ma peine,
Car il fuffit d'avoir la bonne intention ;
Mais bien peu fatisfait de ma commiffion,
Je gagne le logis où j'arrive hors d'haleine.
Peut-on favoir à qui vous deftinez ces fleurs ?
(Dit-on en me voyant.) A l'aimable Inconnue,
      (Répondis-je) pour qui mon ame s'eft émue ;
Heureux pour mon Bouquet s'il obtient fes faveurs,
Je veux moi-même avoir l'honneur de lui remettre
        Si vous voulez me le permettre.
On s'apperçut alors de mon erreur ;
      Pour m'en tirer j'appris, non fans furprife,

Que ce n'eſt qu'à Paris que j'aurai ce bonheur.
Mais ce fut bien une autre criſe
Lorſqu'on m'eut fait entendre
Que c'étoit un Bouquet qu'on demandoit en vers.
Moi qui les fait tout de travers,
Je ne ſçus par quel bout m'y prendre;
Je demandai quartier pour cette fois,
Promettant que de vive voix
Je ferois part de ma ſcience;
Et j'attens mon retour avec impatience.

AUTRE BOUQUET

Pour le jour de Sainte Barbe.

N'Allez pas croire, aimable Barbe,
Qu'il m'ait fallu faire la barbe
Pour être inſtruit de mon devoir;
Afin de m'y ranger ce matin je m'apprête,
Sachant que c'étoit votre fête;
Je ſors, je cours, je cherche ſans ſavoir
Où s'étaloit la Bouquetiere,
Et je parcours la Ville entiere.
Je la trouve à la fin. » Bonjour donc la Maman,
» Bonjour itou, Monſieu' l' galant,
» Vous v'là brave comme un royaume,
» Vous avez l'air d'un Juif endimanché.
» Payez-nous du Rogome
» Et j' vous f'rons bon marché:

A vj

» Que voulez-vous pour votr' fervice ?
Je veux avoir un beau Bouquet,
　　Voyons dans ce paquet,
Et permettez que je choififfe.
» Monfieu' ça n'eft pas bon pour vous,
C'eft du Souci pour les jaloux.
Vous avez raifon la Marchande,
C'eft d'autres fleurs que je demande.
» Tout eft gelé, mon cher enfant,
» Et je n'avons pour le préfent,
» Si vous les voulez naturelles,
« Que de chétives Immortelles.
Souvent l'on jure, & fans favoir pourquoi;
En peftant je lui dis: que le diable l'emporte,
Je fens la noire humeur qui s'empare de moi
　　De n'en trouver que d'une forte.
» Et bien j' mettrons une queue au bout,
» Ça fera-t'il de votre goût ?
　　Je n'en veux plus, vous dis-je,
C'eft d' la colere ? Eh ! mais vraiment,
» Faut'il pas lui faire un prodige ?
　» Sans doute aparament.
» Il veut du propre pour fa Barbe :
» Son ame va fouiner : comme le v'la changé !
　» Prenez bien vîte d'la rhubarbe
　» Crainte de d'venir enragé.
Je pris le parti de me taire,
Et je revins ne fachant comment faire ;
Contre le tems glacé j'étois piqué,
　　Je m'étois trompé dans mon compte,

J'avois l'esprit alambiqué
Je l'avoue à ma honte,
Sur le moyen de remplacer ces fleurs ;
Les sentimens émanés de mon ame ,
Quoique sous de foibles couleurs,
Vous peindront mon respect, Madame ;
L'estime en fut le fondement,
Sa racine en mon cœur est une fleur nouvelle
Plus stable encor que l'Immortelle,
Et point sujette au changement.
Ce cœur forme des vœux pour tout ce qui vous
touche,
Et pour son interprête, il se sert de ma bouche ;
Il vous souhaite une heureuse santé,
Des jours pleins d'agrémens & de prosperité.
Chacun vous connoît généreuse,
Des mains de la franchise acceptez ce Bouquet,
Et ne me frustrez pas dans mon attente heureuse,
C'est mon plus cher souhait.
Mais c'est vous offenser, car quand je considère
L'esprit & l'enjoûement joint au bon caractère,
Qui sont les moindres qualités
Dont votre personne est ornée,
Je dois croire que vos bontés
Agréeront les efforts où ma main s'est bornée.

DIALOGUE POISSARD.

Le Panier de Maquereaux difputé.

MARGOT, LA BLONDE,

Deux jeunes gens.

Margot. EH ! la Blonde , eh ! c'eſt à toi au moins s'pagnier de Maquereaux gâ-tés ; en vr'ité d' Dieu , j'en ſomm' fàchée pour toi.

La Blonde. Qu'appell'-tu à moi ? N' t'en fâche pas tant, tu l' prendras pour ton compte , car j' voulons avoir le plus meilleur.

M. A moi ? Non pas que j' ſache , je l'aurons à nous ſeule , ou *cent diables me barlificotent les en-trailles.* On voit ben que tu veux t' mettre à la mo-de , car tu veux faire un marché à la greque.

La Bl. Mais j' crois qu'elle a bû un coup de trop aujourd'y.

M. A moi , ſaoule , à moi , c'eſt bon pour toi, ègarée ! tiens donc, pour avoir bû un d'miſquié d' Paf ce matin avec ma commer' d' Dieu , alle dit que j' ſomm' ſaoule. Vois donc ſt'e laide avec ſon viſage ſans viande , deſſéché à l'Hôpital.

La Bl. T'as encore une belle nature pour parler d' zautres ! Eſt-ce parce que j' nons pas d' ragoût de poitrine ſur l'eſtoma ? J'ons la place , plus blan-che que la tienne , & j' n'y mettons pas des chiffons comme toi.

M. Chiffon toi-même. Vas j' fomm' groffe & graffe tout au naturel.

La Bl. Eh bin ! faut-il que je m' faffe larder pour être graffe ? Eft-ce parce t'as l' vifage pot'lé comme le cul d'un petit cupidon ? T'es bien heu-reufe d'avoir mal aux dents pour faire deux men-tons, & tout' ta groffe potraille a l'air de deux veffies fur un tas d' boue. Malgré notre défigu-ration, j'ons toujours été la porteufe de viande des beaux hommes.

M. Tu tires donc fur mon mari, s'il étoit là il f'roit taire ta gueule, & tu voirois beau voir.

La Bl. Qu'eft-ce que j' voirions ? Toujours rien, on s'chie de lui. Que j' prenions notr' pagnier en attendant.

M. Un chien, t'auras un diable qui te r'tourne. Prens l' mauvais il eft à toi.

La Bl. Quin, chienne de R'beca, fi j'em'mets fur ta carcaffe envelimée, j' te facrifie ! tu fçais que je n' fuis pas trop bonne.

M. Finiffez donc mamefell' Moutonne, & n' t'échauff' pas comm' ça, la Blonde, ça fait gagner mal à la rate.

La Bl. C'eft pas comm' chez toi, car on n'y tâteroit qu' du mou. Vas, vas, quand t'auras l' boyau vuide j' te parlerons.

M. T'as la gueule bin forte aujourd'y, c'eft parce que tes cheveux couleur de feu ont échauffé ta tête.

La Bl. Oui, groffe bête : tu dois bin parler

d'zautres, avec tes yeux pas plus grands que l' trou du cul d'une mouche à miel, qui n' pleurent que d' la cire.

M. Ah! voyez-vous fte bell' p'tit' grand'bouche qui voudroit manger fes oreilles, all' pourroit bien fervir de réfervoir à médecine, les deux lévres ferviroient de bourlets : allons n'menvoyez plus d'écume par l' né, car tu m'eupoifonne, tu fens l' moifi comme une vieille plante.

La Bl. Apportez donc du du vinaigre à cett' Dame, elle va s' trouver mal, cet égoût de la rue du Bout du monde : allons, allons, vas faire tes enfans à crédit, & laiffe-nous tranquille.

M. Parle donc, c'eft pas comme toi, j'ons jamais été empruntée par perfonne.

La Bl. Non, mais t'as été Sœur converfe à S. Martin, d'où tu as encore confervé l' chaplet par dévotion.

M. A moi? Jamais le Cuifinier de Bicêtre n'a mis ma viande au roux dans fon poëlon à courte queue, l' joli oignon pelé : tu n' fens pas toi-même l'Hôpital ? eh! non, c'eft que j' touffe.

La Bl. Finis donc, t'eft tout' bourfouflée, tu n'en peux plus, t'as la vûe égarée quand t'es comm' ça ; quin on voit la potence dans tes yeux, il n' te manque plus qu'un figne de croix & te v'la pendue.

M. Apprens que j' fomm' honnête femm', qui n'y a pas un cheveu à ôter d' ma tête, & que j' nons fait tort d'un iard à perfonne, c'eft ton mite, tu n'en peux pas dire autant.

La Bl. A moi capable, j' te l'prouverons quand tu vouras, ça n' pefe pas une once. Comme t'eft toute effouflée à force de pialler ; mais fi j' navons pas de gueule, en guife d' ça j'ons des poings avec quoi j' te boucherons une fenêtre du vifage.

M. Et moi, j' te cafferai la vite de l'œil, & j' te battrai comme plâtre. Ste larronneffe qui voudroit m'esbignonner mon Maqu'reau

(Elles fe battent en continuant à fe dire toujours des pouilles. Arrivent en cet inftant deux jeunes gens qui s'amufent à aller la nuit quelquefois à la Halle, pour fe difputer de paroles avec ces femmes, à qui néanmoins ils payent de l'eau-de-vie.)

M. En as-tu affez ? Et tu n'auras pas encore le pagnier.

La Bl. J' m'en chie ; j'ons acheté des cornettes & je r'commencerons à nous r'licher des plus belles.

Le jeune homme. Eh ! mes amies, quel diable avez-vous pour vous battre de la forte ?

M. Qu'eft-ce que t'en veux dire ? Eft-ce que t'eft fon Croc ?

La Bl. Caff'-moi l'y la gueule à c' chien-là ; quoi qui s' mêle !

L'autre jeune homme. Nous venons pour vous tenir compagnie une partie de la nuit, & vous vous fâchez auffi-tôt. Mais quelle eft votre difpute ?

M. Quin, mon enfant, all' veut dire que ce

pagnier d' Maqu'reaux-là, qu'eft bon, eft à elle, eft-ce que j'on tort ?

La Bl. En v'rité d' Dieu, il eft auffi à moi, ou j'abîme !

La Riole. Vous l'avez peut-être acheté enfemble ?

La Bl. Aparat, mais elle veut l'avoir à elle feule.

M. Ah ! t'en as menti, la Blonde, c'eft toi qui veux m' donner l' mauvais en guife du bon.

Lenflé. Eh-bien, vendez les deux paniers, & partagez enfemble le profit & la perte.

M. V'là qu'eft parlé ça, la Blonde.

La Bl. J'nons jamais mieux d'mandé. Allons v'là qu'eft fini, je l' voulons bien : fans rancune, Margot.

M. Eh ! que nous l' difois-tu. Tout cela m'a alteré comme un Chien d' chaffe. J'aurions bon befoin, avant que d' nous mettre à écoffer des pois, de boire chacune un petit articl' de foi cheux l'Epicier, mais v'là ces Lurons d' la gance qui vont nous régaler de Coco, pas vrai ?

La Bl. N'eft-ce pas vous qu'êtes venus l'autre jour paffer la nuit avec nous ?

M. Eh ! apparat, quin c'eft Monfieur L'enflé & Monfieur la Riole, que j'ons batifés comm' ça.

La Bl. Ça nous met du baumm' dans l' fang quand j' vous voyons, & je m' fouviens que Lenflé étoit mon parfonnier, ainfi j' voulons qu'il le foit encore aujourd'hui

M. Ça m' don' d' la joye au cœur, & je r'prenons La Riole pour le mien : t'eſt bien genti, mais t'as l'air triſte cependant.

La R. Tiens ne m'agonie pas de complimens, car je ſuis dans mon humeur maſſacrante.

M. J'voulons rire nous, & vas t'en au fichar ſi tu n' veux pas nous aider à écoſſer queuques pois.

La R. Nous le voulons bien, mais comment nous payras-tu ?

La Bl. Eh ! mais vraiment, Monſieu Luſtucru, c'eſt avec l' Paf que tu nous pairas toi-même, tu ſais trop bien la mode, je n' voulons pas changer.

Lenf. J'y conſens, à condition que tu tu nous chanteras quelque choſe. Tiens, va-t'en chercher un poiſſon d'eau-de-vie.

La Bl. Un poiſſon, eh hu ! quin, v'là notr' premiere chanſon.

> Aportez pinte
> Nos amis ſont ici,
> Car tu m'ereinte
> Quand tu nous parle ainſi ;
> Aportez pinte
> Nous ſommes quatre ici.

M. De cett' chaleur ci on a une ſoif du diable qui vous étrangle, mon parſonnier.

La R. Qui t'emporte & t'étouffe.

M. Mais queſt-ce que tu fais ſi loin ? t'es là comme un chapon du Mans ; gazouill' donc un peu, & donn' nous d'zeuillades ; tu n'dis rien, tu n'as pas pu d'choſe qu'un enfant ; aproche-toi, puant, ça de mon côté.

La R. Tiens, je te ferai la cour comme je pour-
rai ; commence par attendrir mon cœur, car il est
comme une pierre.

M. Chien, tu l'as donc bien dur, enflons, ça
vaudra mieux ; où est ton verre ?

Lenf. Mais c'est assez boire, chante donc quelque chose à présent.

La B. Si t'estois marié, j'ten chantrions une.

Lenf. Supose-le, & voyons-la.

La B. Quin, la vla. P'tit bon-homm' pass' pass'.

La R. Va te promener avec tes chansons, don-
ne-nous-en d'amoureuses.

M. Oh dame, j'faisons l'amour à la grosse mor-
dienne, je l'ons jamais tiré à quatre épingles, &
pour m'en inspirer, embrass' moi

La R. Je le veux bien, parce que je n'ai rien à
gâter, pourvu encore que ce ne soit que sur les
joues.

M. T'es bin délicat avec ta perruque à jour :
allons, nous patine pas tant, ça nous amollit ;
c'pendant j'taime à cause d'ta mine r'venante.

La R. Est-ce que tu me prends pour un spectre
avec ta mine revenante ?

M. Je n'connoissons pas s'tanimal-là, mais si
j'croyons aux r'venans, c'est parce que j'vous
croyons trop bien envie pour qu'cela soit.

La R. Ne vois-tu pas bien mon enseigne dé-
ployée (*en indiquant son né*) ? on dit que c'est un
signe de longue vie.

M. Taisez-vous donc, petit hableur, avec votre

grand né à la greque, ton visage ressemble à une affiche de comédie qui a pour annonce les Dehors trompeurs.

Lenf. Comme tu dégoise tout ça ! eh bien, je t'en aime davantage, & je suis si amoureux de toi, que je ne voudrois pas te donner pour 17 ou 18 deniers.

La Bl. Chien ! qu'entendez-vous par ces paroles ? t'étouffe de complimens, tais plutôt ta gueule.

La R. Lenflé, veux-tu changer de parsonniere ? tu me donneras quelque chose de retour, car la mienne a toutes ses dents.

M. Est-ce que tu nous prends pour des jumens ? & est-ce que j'somm' ici au marché aux chevaux ? Va-t'en donc, grand cul fané ; peu s'en faut qu'tu n'soit transparent, car si t'avoit une chandell' dans l'corps, tu s'rois comme une lanterne.

La Bl. Allons hu, va-t'en d'à côté d'moi. Regarde donc, Margot, comme il fait l'gros dos.

M. Le gros dos ! faut donc qu' j'ai la berlue, car je l'vois aussi plat par derriere comm' pardevant.

Lenf. Vous avez bien du caprice, Mamselle la Blonde.

La Bl. Qu'veux-tu, c'est mon ordinaire d'êtr' lunatique ; quin, tu sens la chair morte, donn'moi une pris' d'tabac auparavant.

Lenf. J'en ai bien à ma chemise, mais il n'est pas sec pour le raper ; attends le soleil, je la ferai fécher, & tu en auras du frais.

La Bl. A la voirie avec ton tabac. Allons, la

Riole, viens à côté d'moi, mais ne m'dit pas des
fottifes comm' t'as dit à Margot, car, quin vois-tu,
j't'arrach'rois les deux yeux de la tête.

La R. Si je foupçonnois que tu penfas ainfi,
mon épée te ferviroit de broche.

La Bl. Queu mauvais ! comm' tu fais l'tapageur!
eft-ce une lame plate que vous avez, elle eft bonn'
n'eft-ce pas ? nous fait donc pas peur ; comme il
eft genti ! mais t'eft à l'agonie, n' t'avife pas de
bâiller, car ton ame pafferoit fans nous dire adieu.
Vas, fois fûr qu' tant qu' tu parleras comm' ça, tu
n'entreras jamais dans l' génie.

M. N' t'avife pas, la Blonde de faire affaut avec
lui, car on dit qui vous fait tirer, & qu'il eft Maît'
en fait d'ames. Ah! quin la Blonde, v'la Jerôme
qui vient t' prier d' fa noce avec Cateaux, l' vois-
tu là-bas qui fait fon p'tit tour ? Quand on parl'
du loup on en voit la queue.

La Bl. Tout d' bon ; eft-ce que c'eft pour aujourd'hui ? J'en fuis bin aife. Bonjour Jerôme, où
irons-je faire s'te noce ?

Jerôme. Eh bien, Milfieux ! allons-je parti
bien-tôt ? Ces Meffieux ne font pas de trop ; plus
j'ferons d' foux, plus j' rirons. Comme t'as l'air
changé, Margot.

M. Comm' j' favions qu' j'étions d' ta noce, j'
nous fomm' peignés nous deux la Blonde auparavant.

Lenf. Voulez-vous boire un petit verre, Monfieur Jerôme ?

Jer. Bin d' l'honneur pour nous, Meſſieux, mais ça n'eſt pas d' refus.

La Bl. Eh bien, Jerôme, es-tu r'venu de cett' erreur qu'on vouloit t' couler en douceur, dans l'endroit de l'honneur de Cateaux, à l'occaſion de l'autr' qui lui bavoit dans l'œuil pendant la con-verſation ?

Jer. Eh, c'étoit d' moi qu'on a toujours voulu parler, & Monſieu le Curé nous a arrangé tout ça en conſcience, malgré le p'tit eſcrupule qui nous eſt venu ſur l' compte de l'honneur de Cateau, que j'ons couvert par notr' mariage, & on n' peut à préſent qu'avoir la gueule morte. Quin, n' par-lons plus d' ça, buvons un coup, ça vaudra mieux.

M. Mais dis-moi auparavant, comment as-tu connu Cateau ?

Jerôme. Tu ſais qu'elle a quitté les alumettes pour vendre des motes ; il y a queuqu' jours que j' la rencontris qui en avoit encore un reſte : ce jour-là, il étoit tard, j' n'avions rien fait d' la jour-née, elle avoit du bonheur, ell' me demande ſi j' veux lui en donné à moquié d' gain. Moi, ſans barguigner, comm' j' lui connoiſſions de la grec-q'rie, j' faiſons nos conventions. Ell' prend l' de-vant, la chance l'y tourne, comm' ſi elle avoit joué au bâtonet avec moi, la cornich' l'y tombe dans l'œuil, chacun en achete, & au bout d'un mo-ment ell' r'vient à vuide. Là-deſſus j' buvons en-ſemble ; le p'tit Cuſidon qui s'étoit, comm' dit c' t'autre, *niché dans notr' miſquié,* nous gargouille

dans l' cœur, j' nous convenons, j' nous nous aimons, j' nous nous donnons parole, je r'lichons
encore un coup par là-d'ffus, & j' nous nous ma-
rions aujourd'hui : tout ça eſt bin ſimpe, y a
déja pu d' trois mois d' ça.

La Bl. Tant d' tems qu' ça ! c'eſt bin long.

Lenf. Je ſuis charmé de vous voir tous d'accord
je vous ſouhaite bien du plaiſir, & nous allons
vous quitter.

La Bl. Qu'eſt-ce donc qui vous preſſe ſi fort,
& où allez-vous ſi matin tous deux ?

La R. Rendez-lui donc compte. Veux-tu venir
avec nous, nous allons faire un tour aux Thuille-
ries.

M. Taiſez-vous donc, j' ferions plus ſûre d'
vous trouver au petit Cours, mais d' quoi nous
donn'ras-tu à déjeuner ?

L'enf. Nous t'y régalerons d'une priſe de cho-
colat.

La Bl. Pourquoi donc fair' ? j' n'aimons pas l'
choſe à Colas, ainſi nous fich' pas tant la goaille,
car tu n'en as pas l'étrenne.

L'enf. Adieu donc, les belles.

La R. Bon jour, juſqu'au revoir.

La Bl. Comme il s'enfuit ! faut qu'il ait volé
queuqu' Rotiſſeur, car il cache un Dindon ſous
ſon habit.

M. N' vois-tu pas bin qu'il va à queuqu' gueulton où chacun apporte ſon plat.

M. Parlez donc, Monſieu la Vergette, n'allez
pas

pas houffer votr' beurre aujourd'hui, car vous tumbriez en poufiére.

La Bl. Adieu donc, Monfieu Plé. Prens garde au vent, il va envoler ta peruque. Ah, Margot, vois donc fa tête, on diroit du Chef Saint Jean d'Iſus un plat.

M. Eh ! vois donc fa jambe, il l'a faite comm' celle d'un Chien. On voit bien qu'il a tiré fes bas trop fort ce matin, car il en a caché le molet.

La Bl. Parle donc, hé l'Enflé, fi la fucceffion d' ton pere n'a pas laiffé d'autre magot qu' toi, tu ne dois pas être bin riche.

Jer. Voulez-vous votr' refte? Ils font engendrés d'une Brouette, comm' diable ils vont ! ma foi d' Dieu ça fait d' bons lurons, qui ont l'odeur du gouffet chenument forte ; falloit les gruger de la bonn' faifeufe.

M. T'as bin fait de n' t'y pas jouer, car ils ont la clef de l'autre monde au cul, & tu aurois pu fervir d' ferrure.

Jer. Des bons. S'ils font Tapageux, j' fomm' Bacanaleux ; j' nous ferions travaillés d' la bonn' magniere. Mill'fieux dans un chauffon ! Quin, vois-tu ces poings, ils n' font pas de paille : quand j' fomm' feul, j' veux être un chien, j' battrois tout le monde.

La Bl. Finiffez donc, mauvais, crainte qu'on n' vous faffe r'cevoir Quinze-vingt retourné.

M. Allons, v'la qu'eft bin. Parlons à préfent d' notr' noce. Où irons-je la faire, aux Porcherons, pas vrai, Jerôme.

B

La Bl. Allons, tais-toi, Cateau aime mieux la Courtille.

Jer. All' a raison. J'irons au Chou, chez l' compere Bibron.

M. Ah, la Blonde, pendant qu' j'y pensons, as-tu encore d' la salad' dans ta hotte?

La Bl. Oui, y en a encore un peu dans l' cul, que j'emport'rons.

M. Eh l' pagnier d' Maqu'reaux gâtés, j' n'aurons qu'à l'emporter aussi, j' les frons passer pour bons. Quin, j' me souviens d'avoir encore du beurre pour les fricasser : ah, oui, le v'là, je l' sens.

La Bl. Y a-t-il long-tems qu' tu l'as?

M. Il n'y a pas huit jours.

La Bl. Chien! il est bien fort pour son âge. Jerôme, as-tu d' la simfronie? car il en faut pour une nôce.

Jer. N' t'inquiete de rien, c'est mon affaire, & j' prendrons une Marmote.

M. Partons de ce pas, étant partis nous v'la allés. (*en chantant.*)

Allons, allons, allons à la Guinguette, allons,

POT-POURRI POISSARD

Le Raccommodement à coups de poingts.

Sur l'air, *Je suis d'une illustre famille.*

J'ALLONS vous bailler une histoire
Qui m'a causé bien du chagrin,
Et qui m'embrouille la mémoire.

Sur l'air, *C'est dans la rue de la Mortellerie.*

Depuis que je connois Catin,　　　*bis.*
J'avons le soir & le matin
Toujours la gueule ouverte
Pour lui conter fleurette.

Sur l'air, *Reçois dans ton galetas.*

Lui présentant un bouquet,
Ma foi, qui n'étoit pas d'paille,
Que je mis dans son corset,
Ce qui lui dégagis la taille ;
Je lui flanquis poliment
De ma main un beau compliment. *bis.*

Sur l'air, *Voulez-vous savoir l'histoire de Manon Girou.*

Voulez-vous savoir, Mam'selle,
Ce qu'ont fait vos yeux,
Ils ont tourné la cervelle
Aux miens amoureux,

B ij

Et l'oignon de vos beaux charmes
Fait pleurer mon cœur,
Ainſi j'vous rendons les armes
Comme à mon vainqueur.

Sur l'air, *Dans la rue Chifonniere, en plein plan.*

Sitôt ell' vint me dire,
Ran tan plan tire lire,
J'accepte ton préſent,
En plein plan & ran tan plan tire lire,
J'accepte ton préſent,
Mais ne vas pas le dire.

Sur l'air, *Attendez-moi ſous l'Orme.*

Ah ! la drôle de crainte
Que toi ſeule a de moi,
Je te parle ſans feinte
Et ne veux que de toi;
Quin, regarde à ma mine
Que je ſuis un luron,
Qui patrouille & patine
Les cœurs à ſa façon.

Sur l'air, *En paſſant par l'Aport Paris.*

Mais pour le tien c'eſt différent,
Je ſuis ſon parſonnier conſtant,
Qui ne voulons pas en démordre;
Sur mes briſées ſi quelqu'un vient,
Je ſuis des bons qui ne vaut rien,
Je veux être un chien,

Mais un chien des plus chien,
Qui se fiche & qui mange l'ordre.

Sur l'air, *Des plaisirs de la Halle.*

Nous faut gouter, la belle,
Des plaisirs de l'amour ;
Ne fait point la rebelle ,
Paye-moi de retour ;
Sitôt je vous l'embrasse ,
Comme un chien en fureur,
Puis je vous la terrasse.

Sur l'air, *Du Pere Barnabas.*

Ell' cria z'au voleur
D'avoir vu mon audace
Pour prendre son honneur ;
Mais c'est-là la grimace
Que font toutes les filles
Sujettes aux combats ,
Qu'ell's ont pour les béquilles
Du Pere Barnabas.

Sur l'air, *C'a se prend-il de la façon ?*

Monsieu Lucas finissez donc
Ça s'prend-t'il de la façon ?
Vous me farfouillez au menton ;
Mais en vérité , Monsieu Lucas,
Vous n'y pensez donc pas ,
Vous me mettez dans l'embarras.
Ah ! le petit fripon ,
Finissez donc.

B iij

Et ça s' prend-t'il de la magniere,
Ça s' prend-t'il de la façon ?

Sur l'air, *Ça n' fe prend pas à poignée.*

Moi qui fuis fille d'honneur,
J'nons jamais été magniée ;
Vis-à-vis un fuborneur
Je f'rons toujours la fucrée :
Ça n' fe prend pas à poignée
Comme d' la laitue pommée.

Sur l'air, *Stila qui a pincé Bergopzom.*

J' n'aurions jamais cru ça de toi, *(bis)*
D'avoir manqué de bonne foi, *(bis)*
Il ne femble pas que t'y touche,
Ainfi ne fait plus la farouche.

Sur l'air, *Fanchon la blonde.*

Catin la blonde
Tu ne fais donc pas
Que tout le monde
Rit de tes appas.
Si tu zes belle,
On n'en difconvient pas,
Mais pour fidelle,
Vas, tu ne l'es pas.

Refrein de la Confeffion.

Ell' me répondit toute en colere.

Sur l'air, *Vas, vas, perfide volage.*

Vas, vas, enfant de misere,
Je te veux voir faire
Un faut périlleux par ton cou.
Vas, vas, membre de galere,
Pour te faire taire,
Tu ne f'ras plus mon matou.

Sur l'ai, *La Choifi.*

Moi qui fuis de ces Lurons
Des marqués, des gros, des bons,
L'entendant ainfi parler,
Je m' mis à la fabouler,
Mais fe voyant terraffée,
Sa viande elle a ramaffée.

Sur l'air, *Vantez-vous-en.*

Me voyant agir d' la magniere,
Elle ne fit plus tant la fiere ;
Nous nous fommes raccommodés
A grands coups d' piés,
Coups d' poings fur l' né,
Nous étions tous deux érintés
De nous être ainfi relichés.
J' lui ons baillé par d'ffus le marché
Trois coups d' fouillés.

Sur l'air, *V'la c' qu' c'eft q' d'aller au Bois.*

Et je lui dit, mon petit cœur,

B iv

V'là c' que c'eſt qu' d'avoir d' l'honneur,
 Si tu veux faire ton bonheur,
 Il faut changer d' chance,
 Et pour pénitence,
 Tu jeûneras de ma faveur,
V'la c' que c'eſt qu' d'avoir d' l'honneur.

Auſſi,

  Sur l'air *d'un Cantique connu.*

 Elle a jeûné quarante jours
 Sans avoir ſa pitance,
 Mais au bout des quarante jours,
 Ell' vous eut ſa pitance.

  Sur l'air, *Nanon dormoit.*

 De ma façon
Volontiers ell' s'eſt miſe
 A la raiſon ;
Moi voyant ſa franchiſe,
Sans attendre à demain,
J' lui mis, j' lui mis, j' lui mis
Mon tendre cœur en main.

Sur l'air, *L'Amour eſt un chien de vaurien.*

 Depuis ce tems nous nous voyons
 Et nous ſomm' s'amis comm' cochons ;
 Ell' connoît, la friande,
 Mon bon cœur dans l'échec,
 Je lui donne ma viande
 Et mange mon pain ſec.

AUTRE POT POURRI GRIVOIS.

Demande de Fanchon en mariage.

Sur l'air, *Un jour que je chantions venant des Porcherons.*

UN jour que je fentions
De l'ardeur pour Fanchon,
Et qu'avec ell' j' voulions
Partager notr' bouillon,
Au cheni la contrebande,
J' voulons faire une fin ;
Alors j' pris le deffein
D'en faire la demande.

Sur l'air, *Reçois dans ton galetas.*

Dès à la pointe du jour
Je m' donnis un coup de peigne,
Je m' fis brav' comme un Amour,
Et plus fier qu'un poux fur la teigne,
J' m'en fus droit à la maifon
De notr' beur' Mam'fell' Fanchon. (*bis*)

Sur l'air, *Robin ture lure lure.*

J' vous avins mon pafs' par-tout,
Et d'une main ferme & fûre,
En vifant bien dans le trou, turelure,
J' mis la clef dans la ferrure,
Robin ture lure lure.

B iv

Sur l'air, *Stila qui a pincé Bergopzom.*

Dans la maifon de fa maman, *(bis)*
Fanchon travaill' fur le devant, *(bis)*
Mais ell' couche fur le derriere
Quand le mequier ne donne guere.

Sur l'air, *Nous fommes Précepteurs d'Amour.*

J'étions connu dans la maifon
Pour un fréquenteur de la Fille,
J' paffions cheux elle avec raifon,
Pour un membre de la Famille.

Sur l'air, *Quand j'étois chez mon pere fillette à marier.*

La trouvant endormie
Je lui baifis la main,
Mais il me prit envie
De lui prendre le féin,
Et autre chofe itou,
Que je n'ofons vous dire,
Et autre chofe itou,
Je ne dirons pas tout.

Sur l'air, *D'une certaine façon.*

D'une certaine façon,
Sans trop chercher de miftere
J' m'avifis d'une magniere
Pour éveiller ma Fanchon,
J' lui mis mon doigt dans la paupiere
D'une certaine façon.

Son œil par cette leçon
En s'ouvrant à la lumiere,
J' vis bâiller ma parſogniere
D'une certaine façon.

Sur l'air, *Réveillez-vous belle endormie.*

Maïs de ſon ſommeil revenüe,
Je courus chercher ſes habits,
Et comme elle étoit toute nüe :
Moi-même je vous la couvris.

Sur l'air, *J'ai paſſé, rapaſſé pardevant votre porte.*
ou *Roſſignolet du Bois, Roſſignolet ſauvage.*

N' v'la-t'-il pas qu'à l'inſtant ⎱ *bis.*
Sa mere maternelle,   ⎰
Vint, pour, ſans qu'on l'appelle
Habiller ſon enfant ;
Mais plus habile qu'elle,
J'avois pris le devant.

Sur l'air, *Ma charmante Suzon.*

Mais moi, pour éloigner
Cette vieille furie,
Je l'envoyons chercher
Roquille d'eau de vie,
Roquille à pleine écuelle,
Car je l'aimons beaucoup,
Comm' n'étant, reprit-elle,
Pas à ça près d'un coup.

B vj

Sur l'air *du Cantique de l'Enfant prodigue.*

Me voyant dans la maison
Tout feul avec ma Fanchon,
Pour lui prouver ma tendreffe,
Je me coulis en douceur,
J'lui fis une politeffe
A l'endroit de fon honneur.

Sur l'air, *La nuit quand je penfe à Jeannette.*

Moi qui fuis un peu timide,
Ça vint à m'embarraffer,
Qoiqu' j'avions l'amour pour guide,
Je n'favions par où commencer;
Pour lui tourner avec grace
Un compliment fans façon,
J'fis comme un écolier d'claffe
Qui prend toujours fon plus long.

Sur l'air, *M. le Prevôt des Marchands.*

J'voudrions trouver un moyen
A cell' fin de dire combien
Eft grand' la peine que j'endure
Pour faire un compliment genti;
Mais j'ons la conception fi dure,
Que je ne le font qu'à demi.

Sur l'air, *Ah ! la plaifante hiftoire.*

Quoique jeune par l'âge,
J't'aimons à la rage,
En tout bien, tout honneur,

Je fommes ton ferviteur;
J'te jurons fur mon ame
Que je t'aurons pour femme,
Si tu veux m'époufer,
Il ne faut pas m'éviter.

Sur l'air de *Joconde*.

J'voyons venir fort à propos
La mer' de la famille :
Maman, il faut, pour mon repos,
Me bailler votre fille ;
Ne craignez rien, j'vous l'élev'rons
Chez nous à la brochette,
D'embarras je la tirerons,
J'en avons la recette.

Sur l'air *De la Confeffion*.

Pour trouffeau j'aporte en mariage
Tout mon équipage,
De plus un effet
Qui met la paix dans le ménage.
La maman répond,
J'n'avons ni rente ni fond.

Sur l'air , *Pour héritage je n'eus de mes parens.*

Pour héritage
Fanchon n'aura jamais
Qu'fon pucelage
Avec quelques attraits ;
Je le retiens , dis-je , pour mon partage ;

Je ne voulons pas davantage
Que ce petit bien.

Sur l'air , *Du pere Barnabas.*

J'aurons à l'avenir
Un train d'vie ordinaire,
Je f'rons pour nous fout'nir
Tout ce qu'il faudra faire ;
Mais J'faboulons votr' fille
Si j'voyons queuqu' harias,
A grands coups de béquille
Du pere Barnabas.

Sur l'air , *Quin , vla ma pipe.*

C'n'eſt pas toujours fête
Pour ſe marier,
De cul & de tête
J'voulons travailler ;
Qu'aura t'elle à dire
Si dans ſon tripot,
Je fais ſouvent cuire
Quelque bon fricot.

Sur l'air , *L'occaſion fait le larron.*

Lorſque chez moi je ſentirons d'luſure,
Et qu'à deux mains ell' prendr a ſon ſérieux,
Comm' l'habitude eſt une ſecond' nature ,
J'en prendrons une quand j'f'rons vieux.

Sur l'air, *Ce n'est ma foi plus de chanson, mais un ordre de Police.*

A s't'heur le plus fort est baclé,
L'affair' sera bientôt faite,
J'avons suffisamment parlé
Au cœur de ma Fanchonnette,
Pour qu'auprès de lui je sois enrôlé,
Passant par l'chemin d'amourette.

Sur l'air, *Mon pere est à Paris, ma mere est à Versailles.*

Après quoi je lui tins
Aprochant ce langage :
Lequel de ces matins
Ferons-nous en ménage,
Le zon, zon, zon avec ma Fanchonnette,
Le zon, zon, zon avec toi, ma Fanchon ?

Sur l'air, *Menin qu'étoit plus fort.*

Vous pressez bien les gens,
Reprit ma parsogniere,
Pour terminer s't'affaire,
Ça demande du tems ;
Une fievre foudaine
Me vient à contre-tems ;
Au moins pour cett' migraine
Il me faut la huitaine
Pour réparer mes fens.　　　*bis.*

Sur l'air, *L'Amour eſt un chien de vaurien.*

J'fus donc forcé pour le moment,
De rengaigner mon compliment,
Avec ma courte honte,
J'm'en fus m'mordant les doigts ;
Qui ſans ſon hôte compte,
Souvent compte deux fois.

LETTRE
DE CADET EUSTACHE
A LA RAMÉE,

Sur ſon retour des Galeres.

J'Venons d'aprendre, mon cher ami d'Dieu, qu't'avoit déménagé d'Marſeille , malgré que j'ſavions qu'tu n'en devois r'venir qu'après ta mort , ſuivant une commiſſion imprimée qu'la Juſtice t'avoit procurée, qu'jons vus coler aux coins des rues, & l'timbre que l'châ't'let a fait mettr' ſur ton parchemin batiſé ; ſi j'ons oublié d't'en faire notr' compliment, c'eſt que j'ons toujours ignoré la cauſe qui t'a fait obtenir une charge ſur les galeres. Oh, queu charge ! ſans doute qu'elle étoit trop peſante & trop embarraſſante , puiſque tu l'as quitté, & qu'il ne t'a reſté pour tout potage que

cett' G A L qu'tas d'ssus les épaules, qui t'a donné une fiere chaleur, pas vrai ? car ce jour-là,
j'men souviens encore, comm'dit c't'autre, falloit
battre le fer tandis qu'il étoit chaud, & non pas
t'en laisser bruler ; aussi, pour cett' faute-là on
t'traitis comme un enfant & on t'donnis le fouet.
dis-moi pour queu raison tu n'as pas caffé la gueule
à ce gausseux qui t'disoit, il est genti la Ramée, il
vienra avec nous quand j'nirons nunne part, & s'il
n'y a pas de place dans la charette, on l'mettra au
cul, comme tu y étois, quoiqu'il n'y eût personn'
dedans ; tu f'sois semblant de d'mander pardon à
queuqu'z'un, car il n'y avoit personn' d'vant toi,
t'avois toujours les mains jointes avec des gands
d'fil tortillé ; il est vrai qu't'avois l'air tout con-
trifté, comm' s'il t'fût arrivé qu'euqu'chofe d'fâ-
cheux ; falloit qu'ton col te ferrit trop, car tu f'sois
des grimaces en torticoli, ce qui t'rendoit l'visage
comm' un jour maigre : au surplus, j'croyons à
préfent aux r'venans puifque t'v'la r'venu d'où l'on
ne r'vient gueres, & j'ten f'sons aujourd'hui notr'
compliment. Ne pourrions-je pas favoir le furget
qui t'avoit fait partir fitôt pour la marine ? car fans
c'ptit imprimé fait à ta louange qu'on f'soit préfent
au Public pour deux iards, j'n'aurions jamais fçu
ton fort ; j'ons roulé affez fouvent notr' cadavre
enfemble, pour qu'tu m'apprennes ce qui t'a fait
avoir une place à Marfeille ; j'efpérons que tu
n'me r'fuferas pas de m' faire un p'tit détail, &
d'menvoyer une r'lation de ton voyage que j'at-

tendrons d'ton bon cœur , & fuis toujours ton ami
d'dieu , CADET EUSTACHE.

RÉPONSE
DE LA RAMÉE
A la lettre de Cadet Euftache.

TU fich' donc d'la goaill' , monfieu Cadet ,
avec ta lettre r'calée ; quoique j'fachions qu't'as
la gueule plus forte qu' l'odeur d'une punaife , j'
voulons bin , malgré ça , fatisfair' ta curiofité , &
t'raconter c't'aventure qui m'a procuré ce p'tit
voyage en queftion qu'j'ons fait à Marfeille ; mais
comm' tu n'connois pas bin ma famill' , j'ten vas
dire queuque chofe pour te mettre plutôt au fait.
J'fortons d'la culote & d'la boëte à perruque d'un
charbognier; quoique j'foyons d'une baff' diftraction , mon per' m'donnis tout' l'indication poffibe ,
il employa tous fes amis pour m'faire avoir un
bureau d'propr'té d'ffus l'Pont neuf , mais ne m'
fentant pas d'gout pour cet état-là , il m'mis cheux
un Lapidaire en cuir : dans c'tems là ma mer'
voyant qu'ell' ne f'foit rien dans l'méquier d'ac-
trice publiqu' pour l'chant , voulut entrer dans l'
commerce , & s'mit Lingere à p'tit crochet , où
ell' vous a acquis la réputation d'faire aboyer tous
les chiens après elle,avec queuqu' peu d'cire quefes

yeux lui fourniſſoient ell' vivotoit tout doucement
ſans douceur. Après avoir tant travaillé d'cul &
d'tête , & s'ſentant d'venir vieuſe , elle s'eſt r'tirée
dans une maiſon d'campagn' ſus l'bord d'l'eau , dans
laquelle la police lui fit préparer un p'tit logement.
Là , ſon ame lui a brulé l'cul ſans tambour ni trom-
pette. Comme on m'dit qu'elle avoit laiſſé queuque
peu d'argent après ſa mort , j'm'adreſſis pour cet
effet aux monſieux d'la monnoie en leur hôtel ;
j'vis compter du pouſſier ſus une table , en v'rité
d'dieu , j'croyons qu'c'étoit celui d'ma mer' qu'on
m' préparoit , j'vous en esbignonne une partie &
j'fouine ; n' v'la-t'il pas qui croyent que j'ſuis leur
dupe , à cauſe que je n' leur avois pas fourni d'titre
ils m'cherch' noiſe ; pour éviter tout' tracaſſeries ,
j'm'enfuis par la rue vis-à-vis , ils cour' après mes
trouſſ' , zon , vla qu'je r'çois une taloche , moi ,
j'vous rends une talmouſſ , d'un côté des emplans
d'donnés , d'l'autre des orions d'rendus ; ils m'ar-
rêtent & m'forcent à demeurer dans la rue de l'Arbre ſec ; on m'mene cheux un Commiſſaire à qui
j'voulions fair' voir notr' bon droit , mais j'étions
ſi ahuri , que j'nons jamais pu v'nir à bout lui faire
entendr' raiſon ; tant s'en faut , qu'au contrair' ,
c'eſt qui m'volire' mon argent , & on m'envoya
au Gros Caillou de l'Aport - Paris ; j'vous fis
r'muer toutes mes connoiſſances ; enfin après bien
des démarch' , j'ons obtenu un emploi à Marſeille
pour trafiquer du fer dont on m'chargis d'la part
du Roi ; on m'mis un paſſ'port royal ſur l'épaul?

pour qu'on m'méconnoiff' pas , & en partant, l'
Parlement rendit un Arrêt en ma faveur qui m'
confirmoit dans ma place. D'un autr' côté , mon
per' qui avoit envie de s'pouffer dans l'monde à tel
prix que c' fût ; on lui avoit fourré dans la tête
qu'il auroit du bonheur , parce qu'un jour étant au
bain public à l'abreuvoir, on vit qu'il étoit l'feptié-
me garçon qu' fa mere avoit eu d'fuite , à caufe
qu'il avoit une fleur d'lis fus l'z'épaules , lui tout
glorieux d'être François marqué au bon coin ; il s'
donnit tant d'mouvemens auprès des honnêt' gens,
qu'une fois il s'fit r'marquer dans la preffe par fon
inclination naturelle à d'venir riche en peu d' tems ;
falloit qu' fon heure fût arrivée, car il l'entendit fon-
ner d'une montre à r'pétition qui étoit dans fa poche, & qui en avoit attiré plufieurs autres : car mon
pere , comme il étoit fans façon, il prenoit tout
fans compter. Ne v'la t-il pas qu'on voit un homme
qui avoit fuivi l' fon de cette babillarde, il s'ima-
gine qu'elle l'appelle , il met la main dans la poch'
d' mon pere , & comme un vrai filou il enleve
fon morp... à queue en la réclamant, parce qu'en
effet il y avoit beaucoup de r'ffemblance avec fa
montre qu'il n'avoit plus : l' monde qu'eft méchant, croit qu'il dit la v'rité , fur ce foupçon on
infulte mon pere, v'là un bon moment pour s' faire
r'connoître & faire fon ch'min en peu d' tems ; la
Juftice qui vous a l'œuil par tout , envoie fes émif-
pher' qui vous entourent mon pere & s'emparent
de fa perfonne ; on lui fait place , on lui rend tous

l'z honneurs poffibles, il fe voit déja une gardé à lui, ça lui donn' bonn' efpérance fur fa pronofti-cation, le v'là déja aux dépens du Roi pour fon logement & fa nourriture ; on lui accorde des pri-viléges, il entre en conférence avec les Magiftrats, qui pour connoître fa généalogie, font fouiller dans les Regiftres mortuaires d' la famille, qui font dans les pavés d' la Gréve ; on lui reconnoît des talens, on a des preuves certaines d' fes hauts faits, qu'il avoit affommé fes ennemis au bâton ferré, au poignard, au piftolet, par devant, par derriere, qu'il en avoit tué plufieurs, par confé-quent que l' butin qu'il avoit fait fur eux lui appar-tenoit de droit ; enfin, tous ces cas rapportés, il eft jugé digne, & il fut conclu d'une voix unanime pour l' bien public, de l' faire recevoir Ch'valier de l'Ordre ; l' jour pris pour la cérémonie, cha-cun y fut invité par des Billets imprimés, l' peuple y accourt en foule, on éleve des échafauts de tous côtés au beau mitan d' la place d' l'Hôtel de Ville, on conftruifit un' efpece d'Amphithéatre pour la r'ception du nouveau Ch'valier ; la Juftice lui fait la galanterie d' payer tous les frais de cett' céré-monie : enfin, n' v'la-t-il pas qu'il vous arrive fur la place ; les Monfieux d' la Robe, après lui avoir lû fon titre d' nobleffe, & les actions qu'il a faites pour l'acquérir, l' font enregiftrer ; le Docteux qui r'préfente l' Clergé ne l' quitte pas d' vûe ; approuve le choix, & les troupes qui l'accompa-gnent, repréfentant l' militaire, après la Priere du

Salve, l'élifent Ch'valier d' la Croix d' S. André.
Pendant l' cérémonial, l' Frere fervant d' la Justice dépouille mon pere d' fes habits d' roture, vous
l'orne d' fes rubans d' filaffe, on lui fait prêter ferment fur la Croix dudit Saint, à laquelle on l' lia
fi étroitement, qu'il n'y avoit plus à s'en dédire.
Dans l' moment qu'il commençoit à jurer fur cett'
Croix, par un malheur mortel, l' gros frere fervant de l'Ordre, comme un mal-adroit, laiffe tomber fur lui une barre de fer qui lui portit au cœur;
il étendit les bras & les jambes, & baillit fon ame
à garder au bon Dieu que l' Docteux t'noit dans fa
main : peut-être que la joie de s' voir au-d'ffus
des autres, y a-t-elle beaucoup contribuée. Comme il étoit r'çu Ch'valier dans les formes, on lui
fit les honneurs jufqu'au bout ; il fut expofé mort
à vifage découvert, avec toutes les marques d' fa
réception de Ch'valier à la vûe du peuple, fur un
lit d' parade à jour ; on l' dépofa enfuite au Château du Bel-air, ou queuques jours après on ne l'
trouvit plus ; fans doute qne queuques dévotes
font venues l' tirer par tous les bouts pour en avoir
des r'liques, ou qu'il a volé encore après fa mort
dans l' ventre de queuques Corbeaux, qui l'auront
mangé par diftraction. J'ons reçu avis de tout c'd
dans l' moment que j' commandions à moi feul un
bachot qu' j'avions trouvé par hazard avec un maître à qui j' fis faire l' plongeon, apparemment dans
un endroit où les poiffons fortions d' faire carême,
car je n' l'ons pas vu r'venir fur l'eau ; étant fur

mer tout a été à voyeau ; j' nous fommes fauvé à
la nage, & j' fommes heureufement arrivé ici à
bon port, pour ragriper queuque chofe d' la fucceffion de mon pere, dont on s'eft emparé, parce
qui ne s' préfentoit perfonne ; j' tâcherons d' faire
les chofes. amicablement, car je n' voulons pas
rapp'ler nos vieilles difputes avec la Juftice, qui
vous eft d'un r'tord fans pareil, voyez-vous, mais
j' vons la faire affiner, & quand j' devrions lui
faire vendre jufqu'à fa derniere ch'mife, j' n'en
démordrons pas, c'eft juft' ou c' n'eft pas juft', il
n'y a pas d' milieu, & j' la pourfuivrons à toute
abîme. V'là, mon cher ami d' Dieu, tout ce que
j' pouvons t'apprendre de mon train de vie jufqu'à
préfent ; j' t'irons voir un d' ces jours, & je r'nou-
vell'rons connoiffance en buvant enfembl' une pe-
tite fois d' ce vin pailleux des Porcherons. J' fommes, en attendant c'plaifir, Monfieu cadet Euftache, vot' ferviteur, LA RAME'E.

LETTRE
A MADAME FAVART.

Ecrite au-nom d'un Savetier. Déguisement que l'Auteur prit le jour que le Spectacle de la Comédie Italienne fut donné gratis à l'occasion de la Paix ; à laquelle Lettre Madame Favart eut la complaisance de répondre par l'envoi d'un Billet d'Amphitéatre, que l'Auteur avoit fait pari de lui demander en style de Savetier.

MA BELLE MADAME,

J' somm' dans un embarras immense pour savoir comment vous r'tourner une Lettr' qui n' sente pas l' vieux Cuir, & qui soit dign' de votr' mérite: j'allons commencer par queuq' chose. D'puis un long-temps extrême, au contre-coin d' la rue où j'ons notr' boutique en r'lief, à tous les momens du jour un diabl' chargé d' gens venons & lisons l'zaffiches des Espectacles : il est toujours question d' vous. J'entendons l'un qui admir' vos talens, l'autr' est charmé des graces d' votr' personn'; s'tici loue votre esprit, s'tila vous donne un autr' boui, & tous exhalent vos louanges d'un fier goût, avec un feu qui n'est pas d' paille, & qui

soft'

foufl' le nôtr' d' la bonn' façon. A les entendr'
jaboter, vous raffemblez toutes les perfections que
l' Ciel accorde aux Madam' qu'il veut rendr' par-
faites ; l' fang m' bouillonnoit dans les veines par
l' defir qu' j'avions d' vous voir d' nos propres
yeux : j'on ceffé d' chifler notr' mogniau, & j'nons
penfé d'puis qu'à chercher les moyens d' vous ad-
mirer en perfonn' naturelle ; j'avions une habitude (qui eft, dit-on, une s'conde nature) d'aller
tous les Dimanches riboter à la Guinguette avec
les profits que j'amaffons, qui m' viennent du
baliage du d'vant d' la porte d' la boutique d' la
Maifon du coin d' la rue où j' fomm' établi au-
dehors, & qu' ça vient toutes les femaines pour
mes m'nus plaifirs, mais pour en avoir un plus
grand d' vous voir vifons-vifu, j' commençions à
r'trancher de nos ribotes pour amaffer à cett' fin,
quand pour l' bonheur d' la France, & en mon
particulier pour le mien, notr' cher bien-aimé Roi
nous procurit la Paix ; ainfi, fans r'trancher nos
plaifirs de Guinguette, j'ons eu celui d' jouir par
nos yeux d' tout ce qu'on nous avoit renconté d'
votr' perfonne fans pareille, fans qu'il nous en
coûte un yard. Ce jour-là j'ons lû nous-même
l'affiche notr' voifine (car j' favons lire au moins da)
j'y ons vû un gros *Gratis* deffus, ça m' donnis d' la
joye dans l' cœur ; j'ons dit à part nous, j' voirons
donc enfin aujourd'hui ce que j' défirons voir d'-
puis fi long-tems ! J'on mis notr' habit noir de Ju-
rande à caufe d' la cérémonie, j'ons employé tou-

C

te la matinée à notr' toilette ; j' partons affez content de notr' faraud'rie ; j'étions enchanté , non d'
l'efpectacle , mais d' vous y favoir : on me r'fufe
la porte ; intrépide j' demande votr' nom , on nous
ouvre & j'entrons par l' derriere. Là j'ons vû qu'on
n'avoit qu'ébouché votr' portrait. Moi , qui vous
parle , j'ons eu l'honneur d' danfer avec vous un
Menuet , en qualité d' Safquier-Juré , d' vous éxa-
miner à mon gogo , d'puis la tête jufqu'aux pieds ,
& d'puis les pieds jufqu'à la tête , & par la-d'ffus ,
d' vous embraffer encore. Des bons. J' croyons
alors être un chien d' la premiere volée : qu'eu
moment pour un Safquier ! j' nous taifons à cet
inftant , car chaque fois qu' j'y penfons j' croyons
y être encore : *Par ma foi l'eau m' vient à la bouche,*
comme dit la chanfon. O ! la belle occafion d' vous
adreffer des Vers ! mais pour plufieurs raifons je
n' pouvons pas. La premiere , c'eft que j' n'en
favons pas faire , & les autres font encore pis :
c'pendant j'étions fatisfait de notr' journée comme
on ne l'eft pas ; j' racontions notr' fécilité à un ancien Juré d' cheux nous , d'yant fon compagnon ,
fon chien , fon aprenti & fon fanfonnet , tous met-
teurs en œuvre en talon d' la manique. Depuis c'
tems je n' ceffons de parler d' vous dans not' boutique ; j'apprenons à faire répeter vot' nom à not'
Perroquet Gniaf , qui eft un chien qui vous a une
mémoire en diable ; quand j' travaillons à mettre
des bouts à queuque'-s'unes de nos pratiques , j'y
allons d' tout not' cœur , parce que j' penfons à

vous, j' fentons l' tire-pied qui m' ferre l' genou, la poix s' fond dans not' main, not' halêne perce tout fans réfiftance, j' croyons qu'il y a toujours d' la moëlle dans l'os-avec lequel j' liffons nos points; & nos foies font d'un roide à faire plaifir : tout va fon train l' mieux du monde. Enfin chaque fois qu' j'allons à la Guinguette, j' n'y pompons jamais un coup que ce n' foit à vot' fanté du fin de not' cœur : c'eft vrai, ou j'abîmé !

Mais pour r'venir à nos moutons, comm' v'la les fêtes graffes qui venont, * qui font les fêtes d' not' Communauté, & que j' voulons régaler d'un plat d' not' mequier queuque' amis d' not' con-noiffance; après l' gueulton, je n' pouvons mieux faire pour leux procurer un agrément qui puiffe les furprendre agréablement, en leux f'fant voir vot' perfonne, & pis pour leux confirmer tout c' que j'en avons dit, j' fomm' donc chargé d' vous prier d' faire éclore d' vot' belle main, qu' j'avons tou-ché & conduite en danfant, un paffe-port d'Am-phithéatre ; j'nons jamais ofé prendre s'te libertance de viv' voix, c'eft pourquoi j' l' faifons par s't'écrit qui fait l' fujet d' not' lett'. Autre chofe je n' pou-vons vous mander, finon que j' fomm' avec refpect,

MA BELL' MADAME,

Vot' très-humble & très-
obéiffant Serviteur,
JEROSME GROSCUIR.

* Cette Lettre a été faite dans le tems des Jours Gras.

PIECES DÉTACHÉES

DU MESME AUTEUR.

DISCOURS

Prononcé par une Dame , pour con
courir au Prix d'une Académie , qui
avoit proposé pour sujet : *Quel est
le vrai principe de la fécondité des
Terres* *. Utilitate publicæ.

S Avante Académie , agréez les hommages
Que vous vous attirez par vos doctes ouvrages;
Ils ne peuvent gâter ni l'esprit ni le cœur ,
Je les vois à l'abri de m'induire en erreur ,
   Et c'est souvent le parti le plus sage
    Que prennent aujourd'hui nos plus simple
favans :
C'est aussi la raison , Messieurs , qui m'encourag
D'aspirer à l'honneur d'être un jour sur les rangs
    Mais je ne sais dans quelle langue
    Je dois vous faire ma harangue :

---

* Premier Prix proposé par l'Académie de Metz en 1760,

n qualité de femme il faut avoir bon bec ;
Ainsi sans employer Latin , Hebreux ni Grec ,
Je vais tâcher de me faire connoître
Dans un François uni , mais sans fadeur ;
Je m'en acquitterai peut-être
Tout aussi bien que votre Directeur.
Pour concourir au prix , Messieurs , peu vous im-
porte
Que ma famille sorte
D'une côte ennoblie ou bien d'un parvenu ;
De la tige d'Adam chacun est descendu ;
Ainsi par ce trait seul je prouve
L'égalité dans les conditions ,
Et chaque être pensant se trouve
Exister mieux que par les fictions.
Je veux , par les efforts d'une verve élégante ,
Mériter le renom d'une femme savante.
Pour vous faire un précis des sciences , des arts ,
L'imagination , la raison , la mémoire ,
Tout mon individu s'ouvre de toutes parts.
Je travaille à présent à polir mon histoire ;
La nature a ses sens , & j'en connois le tact ,
Je fais parler Latin , quoiqu'*ab hoc & ab hac.*
Quand je veux voyager , j'ai la Géographie ,
Qui me fait parcourir le monde jusqu'au bout ,
Pour me désennuyer c'est mon passe-partout ,
J'en aime la pratique & non la théorie.
Si je veux mesurer la distance d'un lieu
Avec ses environs , comme un bon Géometre ,
Je me sers de mes doigts , & celui du milieu ,

Au défaut d'un compas, marque tout à la lettre.

   Le Maître que j'avois,
   Sous qui je travaillois,
  Me fit prendre en gout cette étude
  Qui me sert dans la solitude.

Je voudrois, à l'inftar de la Dame Agnefy,
Ici comme à Bologne établir une Ecole *,
Chaque membre auroit droit d'entrer dans celle-ci,
Même d'y siéger chacun à tour de rôle.
Les chofes de nature au fond me font plaifir,
C'eft pourquoi la Phifique & fes expériences
Seules m'affectent plus que les autres fciences,
Et mon Sexe y devroit employer fon loifir;
Mais je vois le parti de la métamorphofe
Qui vient pour recufer mon obfervation,
M'obligeant d'adhérer à fon opinion
Par un détail charmant de la Métempficofe.
Quand l'ame d'un mortel paffe dans notre corps,
Et que la nôtre ainfi par un pareil échange,
Paffe auffi dans le fien, quels fenfuels tranfports!
Il n'en eft au-deffus que ceux que goûte un Ange.
A mon commandement les aftres font foumis ;
On fait que le croiffant eft un dangereux figne,
Dont l'influence vient jufqu'aux fronts des maris,
Et les Vulcaniens favent ce qu'il défigne,
Lorfque d'une comete on voit la queue en feu.
Les galans ici bas font de même nature ;
De Vénus & de Mars pour apprendre le jeu,

* Ecole de Mathématiques tenue par cette Dame, reçue à l'Académie des Arcades.

Au Capricorne ils vont par les foins de Mercure.
Il eſt un autre objet que je tais à traiter ;
Comme étant trop ſubtile à la Métaphyſique ;
Je poſſede aſſez bien le talent de chanter,
Mais je n'ai pas la voix propre pour la Muſique.
A côté d'un malade on peut voir qui je ſuis,
Et pour la Chirurgie & pour la Médecine ;
J'anatomiſe auſſi l'ouvrage aux beaux eſprits,
Je fais tracer un plan, avec goût je deſſine.
   Je lis depuis longtems
   Quantité de Romans
   Qui m'ornent le génie ;
   J'aime la poëſie,
  Et l'on verra dans peu de ma façon,
  Un petit couplet de chanſon.
  Souvent prenant le vol des aigles,
Sitôt je fais des vers dont je connois les regles ;
La proſe m'eſt facile & je ſais l'habiller,
Que par mon ſtyle un rien la fait toujours briller.
Ce qui pour le portrait me plaît dans la peinture,
  C'eſt que je tire au naturel
  Les ordres de l'Architecture,
Je les fais remonter à la Tour de Babel :
Cependant ſur cet art ſi je voulois m'étendre,
Perſonne mieux que moi n'auroit droit d'y préten-
 dre ;
A ce ſimple détail je borne mon récit :
Pour me juger, Meſſieurs, un coup d'œil vous
 ſuffit,
Et votre jugement me ſervira d'emblême.
       C iv

Mais revenons
A nos Moutons.
De cette Académie on avance un problême;
Sans avoir un esprit profond,
Je vais tâcher de le résoudre à fond;
Sans consulter, comme Leucipe,
Un oracle aussi faux qu'ancien,
Il faut aller au fait. Voici le nœud gordien.
(*De la fécondité quel est le vrai principe*)
Proposez-vous pour question ?
Dans le siécle où nous sommes,
Le sexe féminin, par le secours des hommes,
Le prouve tous les jours dans la conception.
En fouillant jusqu'au sol de la source premiere,
Nous apprenons par la tradition,
Que nous sommes formés du limon de la terre
Que l'on doit cultiver sans altération,
Et de cet argument je peux donner la preuve;
Pour remporter le prix, je pose en fait constant,
Qu'à chaque fois il faut faire un enfant:
Mais d'un tableau badin épargnez-moi l'épreuve;
Sur ce terrein charmant la chaleur du climat,
Sitôt qu'on le défriche, est utile à l'Etat.
Je sens que cet objet intéressant m'anime;
Si quelque membre ici, maître de ses loisirs,
Venoit me seconder au gré de mes desirs,
Nous ferions, à coup sûr, un chef-d'œuvre subli-
me :
Mais je reviens encor à mon but principal;
Quand de l'utilité de cette découverte,

je veux démontrer le local,
La Nature a chez moi, toujours la bouche ouverte
J'ai mérité le prix, j'efpere l'obtenir,
Puifqu'à vous il n'eft pas permis d'y concourir;
Arrofez de vos foins une nouvelle plante,
Qui cherche parmi vous la lumière éclatante
Que des brouillars épais lui dérobent toujours,
Et d'un prix fi flatteur, couronnez mon Difcours.

A MADAME DE N***.

Sur ce qu'elle appelloit toujours l'Auteur fol.

FOl tant que tu voudras, tes yeux en font la
caufe,
De fage que j'étois, vois la métamorphofe.
Il eft vrai, je fuis fol, je ne m'en dédis pas,
Qui ne le deviendroit en voyant tes appas !
Je t'aime avec ardeur, & n'en fais plus miftere,
Je t'en ai fait l'aveu, je fuis tendre & fincere:
C'eft en penfant ainfi, que je fuis fol de toi:
Je voudrois m'en guérir, mais lorfque je te voi,
Cette folie augmente, & va jufqu'à la rage,
N'eft-ce pas être fol que d'être un peu trop fage?
Je fuis encor plus fol n'ayant aucun efpoir
De m'attacher à toi; fi je pouvois avoir
Au moins une lueur de retour de tendreffe,
Je me faurois bon gré d'avoir eu la fageffe
D'être devenu fol, mais fol fort à propos:
C v

Dans cette incertitude, il faut pour mon repos,
Que je prenne un milieu qui puisse me suffire.
J'en connois un, mais chut ! je n'ose pas le dire :
Cependant il faut bien, pour mon soulagement,
Rompre enfin le silence, & finir mon tourment.
Je suis fol, tu le sais ; moi je crois être sage ;
Reçois, sans héfiter, mon cœur & mon hommage,
Deviens folle à ton tour, pour prix de mes amours.
Le parti le plus sage est d'être fol toujours.

Après une absence de quelque tems, le jour de l'arrivée
de l'Auteur à Paris, il envoya ces Vers à la même
Dame, qui s'en retournoit en Province le lendemain.

Ne t'ai-je donc revû pour ne plus te revoir,
Ma joie en un instant se change en défespoir,
Mon cœur est allarmé par un départ si preste,
Il te suivra par-tout, & l'espoir qui me reste,
En place de ce cœur, est d'y graver ton nom,
Ton image fera ma confolation.
Pour prix de l'amitié qu'en ton cœur je réclame,
En échange reçois les tranfports de mon ame ;
Sois certaine à jamais de mon amour fidel,
Et penfe quelques fois à ton ami . . . . . .

A MADEMOISELLE ***,

Au sortir de rendre le rôle d'Angelique dans la Comédie du Joueur.

Aimable...... que ne suis-je Valere !
Que ne puis-je livrer mon ame toute entiere
A bien rendre mon rôle, en qualité d'Amant,
A recevoir ton cœur & ton portrait charmant!
Je ne verrois que toi, je serois pathétique,
Mon jeu ne brilleroit qu'aux genoux d'Angélique;
Il peindroit mon amour avec sincérité,
Il persuaderoit par sa vivacité.
Privé de ce bonheur, j'ai du moins l'avantage
D'avoir sçu dans mon cœur y graver ton image;
Elle y sera toujours, j'ai consulté mon feu,
Je ne puis jamais perdre avec un si beau jeu;
Et, s'il faut que ce cœur soit enfin mis en gage,
Toi seule aura le droit de le prendre en otage.

POUR METTRE AU BAS DU PORTRAIT
de Madame D. L. S. à Metz.

Par un effort de l'art qu'on ne peut trop louer,
De tes traits réunis on voit ici l'ensemble;
Mais peindre les vertus que ton ame rassemble,
Est un effort plus grand où l'art craint d'échouer.

C vj

Pour mettre au bas de celui de M. D. L. S. à Metz.

Il n'eſt permis qu'aux cœurs touchés de ton mérite,
De faire ton Portrait ſans toile ni pinceau ;
Et ſi mon cœur cédoit au zèle qui l'excite,
On te reconnoîtroit mieux que dans ce Tableau.

A MADAME E***,

*En Province, en lui envoyant le Portrait de
ſon Amie qui reſtoit à Paris.*

SI ton cœur eſt charmé du Portrait qu'on t'en-
voie,
Chacun eſt ſur ce point d'un ſentiment égal ;
Mais nous avons ſur toi la véritable joie,
De poſſéder ici l'aimable Original.

---

*En remerciant Madame L ***, d'un Nœud
d'Epée qu'elle fit préſent à l'Auteur.*

CE Nœud me vient de toi, combien je le
chéris !
La main qui le préſente a pour moi trop de charmes,

Pour ne pas auſſi-tôt en décorer mes armes ;
Le cœur ſeul qui me l'offre en rehauſſe le prix.
Un tel préſent ne peut qu'animer le courage.
Si ton cœur généreux, pour le bien de l'Etat,
Ornoit de pareils Nœuds les armes du Soldat,
Les plus brillans Lauriers deviendroient ſon par-
    tage.
Pardonne ſi ma Muſe en cette occaſion,
A la reconnoiſſance entierement livrée,
Pour t'en remercier manque d'expreſſion ;
Mais mon cœur eſt content, je porte ta livrée.

A la même, qui rioit de voir la Pluie tomber ſur le corps
*   de l'Auteur qui n'avoit point de Paraſol.*

Je vous ai vû de loin rire, Belle......
Quand la pluie inondoit à grands flots mes habits,
Mais je me trouve heureux d'avoir donné matiere
D'amuſer en ce jour les Graces & les Ris :
Néanmoins apprenez que jamais nulle pluie
N'ira juſqu'à mon cœur pour éteindre les feux
Que depuis très-long-tems ont cauſés vos beaux
    yeux,
Et que j'entretiendrai pendant toute ma vie.

A MADEMOISELLE...... LIN.

LE cœur vuide d'amour mais rempli du defir
De tenter la Fortune , & voulant m'enrichir,
Je voyageai fur mer , je parcourus la terre ,
Je franchis les dangers , je bravai le trépas :
La Déeffe, à mes vœux , étoit toujours contraire.
Laffé de tant de foins , je revins fur mes pas ,
Et je ne recueillis pour fruit de tant de peines ,
Que celui d'éprouver qu'il eft de douces chaînes,
Ce retour fut pour moi le plus heureux retour.,
Je trouvai le bonheur dans le fein de l'Amour.
Adorable........ lin, le plus bel affemblage,
La richeffe en appas , le brillant de vos yeux ,
Tout ce que la Nature a de plus précieux ,
Paroiffoit à mon cœur être votre partage ;
Sans biens , ce cœur étoit toujours ambitieux ,
Parmi tant de tréfors il cherchoit la Fortune ,
Il crut la rencontrer dans l'éclat de vos yeux ,
Mais par une faveur infigne & peu commune
Qu'on doit attribuer à vos charmans appas ,
Il y trouva l'Amour qu'il ne recherchoit pas.
    Ses defirs font remplis ; aujourd'hui fa richeffe
onfifte à vous prouver l'excès de fa tendreffe.
    préfent , fon bonheur ne dépend que de vous,
n payant fon amour du retour le plus doux.

A la même Demoiselle.

Un jour au défefpoir des dédains d'une Belle,
Je réfolus de fuir fes dangereux regards,
Et d'aller m'enrôler fous le drapeau de Mars,
Où la mort, à mon fens, paroiffoit moins cruelle;
Mais l'Amour, fans pitié fe rit de mon état.
Par fon art enchanteur & fa toute-puiffance,
Il prit d'un Officier la mâle contenance,
Je donnai dàns le piége, & devins fon foldat.
Il fallut de ce Dieu prendre, fuivant l'ufage,
Uniforme & cocarde en couleur gris-de-lin.
Et comme fa devife étoit *Amour fans fin,*
Je reconnus alors mon premier efclavage;
Je rentrai dans les fers de l'aimable ...... lin.
L'Amour, d'elle fit choix pour porter fon En-
 feigne.
Si, fur mon tendre cœur elle eft feule qui regne,
A l'adorer toujours je fixe mon deftin.
Je retiens du Vainqueur la couleur & l'emblême,
Pour prouver à l'objet de mon ardeur extrême,
Que fi fon nom finit comme le gris-de-lin,
Mon amour différent n'aura jamais de fin,

A MONSIEUR DE C***,
Seigneur de R....

En allant prendre possession de sa Terre,
accompagné de Madame son Epouse &
de ses Enfans.

Livrez-vous à la joie, Habitans de R...
Votre nouveau Seigneur vient pour vous
   rendre heureux.
Sans doute jusqu'à vous la Déesse aux cent bou-
   ches,
Vous a, de ce Seigneur, publié la bonté,
De son cœur la droiture, & son amenité.
Qu'il ne connut jamais les manieres farouches ;
Sa franchise le rend ennemi des flatteurs.
Par un trait généreux d'une ame peu commune,
On le voit préferer aux biens de la Fortune
Le titre affectueux d'avoir droit sur vos cœurs ;
Sur le sien vous avez aussi droit de prétendre :
Répondez aux bienfaits dont il veut vous combler.
S'il voyoit parmi vous l'union s'altérer,
Vous le verrez toujours tout prêt à vous entendre,
Mais ne mésusez pas non plus de ses bontés ;
Je ne veux point ici blesser sa modestie ;
Lorsque vous connoîtrez ses rares qualités,
Vous-mêmes en ferez la juste apologie.
   La Renommée encore a dû vous prévenir

Qu'une aimable moitié devoit, à l'avenir,
Fixer votre respect & votre obéissance ;
Elle vient vous frayer le chemin du bonheur,
C'est à vous de gagner la route de son cœur,
Et tout doit, en ce jour, flatter votre espérance.
De ce couple si beau, voyez les rejettons
Qui sont recommandés à vos attentions,
Cultivez avec soin, R . . . . . . ces jeunes plantes,
Pour recueillir un jour le fruit de vos attentes.

IMPROMPTU

A un Supérieur qui venoit faire sa visite à ses subordonnés.

PEnetrés du respect qu'inspire ta présence,
   Nous te l'avons prouvé par notre humble si-
lence ;
Mais ce muet langage, interprête du cœur,
Dans cet heureux instant nous servit d'Orateur.

Au même, en lui présentant un exemplaire du présent Recueil.

Daignes faire un larcin aux momens précieux
Qu'un utile travail & ton rare génie
Occupe sans relâche aux soins de la Patrie,
Qui rendront à jamais les tiens plus glorieux.

Honore d'un regard ce chétif exemplaire,
Le fruit de mes loisirs, heureux s'il peut te plaire
S'il amuse les tiens, les miens seront comptés,
Pour des loisirs chéris & les mieux employés.

QUESTION.

Qu'est-ce que l'Amour ?

C'Est un je ne sçais quoi qu'on ne peut définir,
   Et qu'on peint tous les jours de cent façons
    diverses ;
S'il nous paroît aimable à l'attrait du plaisir,
Il est notre tyran, s'il donne des traverses.
Pour les Amans heureux, c'est le Dieu le plus
   doux,
Mais il devient cruel aux injustes jaloux.
A mon sens je le peins dans le sein du mistère,
Voyant plaider l'Amant vis-à-vis sa Bergère ;
Quand l'un avec transport expose son ardeur,
L'autre jeune & timide oppose sa pudeur,
Et tous deux en silence attendent la réponse
Que le Plaisir prépare & que l'Amour prononce.

Menuet d'Exaudet.

QUel tourment
L'on reffent
Quand on aime ;
Un cœur une fois épris,
Pour remporter le prix,
Porte tout à l'extrême.
Les defirs,
Les plaifirs,
Tout le flate.
Reconnoît-il fon erreur,
De même fa fureur
Eclate.

Mais quand l'Amour eft fincère,
La douleur la plus amère,
Fait fentir
Un plaifir
Plein de charmes ;
Il n'eft jamais fi cher
Que lorfqu'il eft rempli
D'allarmes :
Cependant
Un Amant
Eft à plaindre
Lorfqu'il a fait le ferment
De demeurer conftant,
Et ne veut pas enfreindre
Une Loi

Dont fa foi
Fait le gage,
Et qu'il voit fon pur amour
Payé par un retour
Volage.

A UN VOISIN,

En lui demandant la permiffion de puifer de l'eau à fon Puits.

DE cette Eau qu'en ton Puits répand la Providence,
Je t'admets trop de complaifance
Pour refufer
Que ma Servante aille en puifer;
De mon côté, je penfe
Comme devroit penfer tout bon Voifin,
De la corde du Puits j'entre dans la dépenfe,
Et pour l'eau qu'on prendra je t'offre autant de viu.

A MADAME T***,

Sur fon gain conftant au jeu de la Comete.

DE cet Aftre brillant dont la queue eft en feu,
Tu reçois tous les jours la plus douce influence;

Mais crains que cette queue ayant un jour la chance,
Ne te faſſe opera pour entrer dans ton jeu.

A MADAME DE M***,

Sur une fauſſe nouvelle, que Monſieur ſon fils avoit été tué ſur un Vaiſſeau, & arrivé au Port en bonne ſanté.

TU gémiſſois hier des caprices du Sort,
Ordinaires effets d'une fatale guerre,
D'un fils adoleſcent on t'annonçoit la mort,
Ton cœur fut pénétré d'une douleur amère.
Dans ces cruels inſtans, aimable & tendre mère,
Rappelles ta raiſon, c'eſt ton ſeul réconfort ;
Mais quel beau jour te luit, M... rentre au Port,
Il échape au ciſeau de la Parque ſévère.
Il vit ce cher enfant, il vient ſécher tes pleurs ;
D'une famille entière il calme les douleurs.
Qu'il doit être flatté des larmes qu'il eſſuie !
Elles ont conſacré l'éloge de ſes mœurs,
Puiſſe le juſte Ciel qui veilla ſur ſa vie,
Couronner votre joie à force de faveurs.

Epitaphe d'une Fille morte d'amour,

SOus cette tombe gît une jeune Fillette,
Qu'un feul regard de C.... avoit rendu co-
quette :
Paffant, apprens fon fort, l'Amour la fit languir,
Mais les refus de C.... enfin l'ont fait mourir.

Autre, fur une Mouche noyée dans un Cornet d'encre.

Cy gît une Mouche peu fage,
Qui périt faute de favoir
Que l'on ne peut fe fauver à la nâge
En donnant dans le pot au noir.

Au nom d'un Tartuffe, fur ce qu'il étoit blâmé d'avoir pour Maîtreffe une nommée Babet, fervante dans l'Hôtel garni où il étoit logé, & dont on découvrit l'intrigue.

ARrêtez-vous, Railleurs, fufpendez votre
blâme,
Pour la premiere fois je dévoile mon ame ;
Il eft de mon repos, même de mon honneur,
De paroître innocent en vous tirant d'erreur.

Du Sexe féminin, il eſt vrai, je l'avoue,
Je diſois pis que pendre, & couchois tout en joue ;
J'ai ris avec Babet, mais mon intention
N'étoit pas de lui faire aucune effraction.
Mon malheur a voulu, pour cette pauvre fille,
Qu'elle ait pris un peu trop de goût pour la
  béquille.
Un jour, dans ſa foibleſſe, elle vint s'en ſaiſir,
Mon devoir de galant étoit de la couvrir ;
Preſque morte de froid, elle étoit toute nüe,
Rempliſſant ce devoir, je n'avois d'autre vûe
Que de la réchauffer ; mais le monde méchant
Veut me faire aujourd'hui paſſer pour ſon amant.
La raiſon ſur ce point ne veut pas que l'on mente,
L'on me rejette au nez que c'eſt une Servante ;
Elle eſt telle à vos yeux, inflexibles railleurs,
Mais aux miens, que je crois, être aux vôtres
  meilleurs,
Babet m'a ſçu charmer, alors c'eſt ma Maîtreſſe ;
Ainſi, rendez juſtice à ma délicateſſe.

BOUQUET

A un Ami reſpectable.

QU'à la franche amitié ſe joigne ton eſtime,
  A les gagner tous deux le ſeul but qui m'a-
nime,

C'eft de les mériter par ma fincérité,
Un femblable defir eft de moi refpecté.
Pour peindre tes vertus n'attens pas de ma Mufe
Un détail apprêté, ma plume s'y refufe;
Toujours le naturel émanât de mon cœur,
Je n'ai jamais paffé pour un adulateur;
Ainfi, fois indulgent pour ma foible peinture,
Le ftile en eft fincère & l'image en eft pure.
Pour ta fête aujourd'hui je ne fçais quel Bouquet
Je puis te préfenter, ni même quel fonhait
Je dois former pour toi, feroit-ce la Richeffe?
Non, le Ciel t'a pourvû des dons de la Sageffe,
Pour jouir fans mépris des biens qu'il t'a donné,
Et ton cœur généreux fe trouve ainfi borné.
Si de nouveaux bienfaits augmentoient ta fortune,
Ta façon de penfer d'une ame peu commune,
Seroit de l'employer à faire des heureux;
Tu ne murmures point contre les envieux.
Par modération laiffant aller l'orage,
Ton filence à la fin te donne l'avantage;
L'efprit fin, délicat, éclairé, pénétrant,
Sait mettre à tout le prix, & même en badinant;
Lorfque la médifance ou bien la calomnie
Vomiffent leur venin, ta fine raillerie
S'oppofe avec douceur à leurs traits dangereux.
Tu corriges fouvent, fans en être orgueilleux.
Si, forcé d'écouter la froide flatterie,
Tu reçois fon encens, c'eft avec modeftie.
Jamais ton Jugement en rien ne porte à faux,
Bien-venu chez les Grands, chéri de tes égaux,

Refpecté

Respecté des petits, aimé de tout le monde,
De la félicité c'est la source féconde,
L'aimable aménité, la bonté dans le cœur,
La noblesse de l'ame & l'esprit de candeur,
Sont de tes qualités une esquisse naïve,
Je voudrois les tracer d'une couleur plus vive ;
Si je me vois restraint à ce foible portrait,
Ma bonne volonté doit passer pour le fait ;
Je desire à l'instant que ma verve m'excite
Pour rendre de bon cœur justice à ton mérite,
Te voyant partagé de dons si précieux,
Quel vœu puis-je former pour que tu sois heureux?
Je suis embarrassé, je me bats en retraite ;
J'oubliois le meilleur, c'est la santé parfaite,
Le moteur de la vie & le bien le plus cher,
Le seul de préférence où l'on doit s'attacher ;
C'est le souhait fervent que vers le Ciel j'adresse ;
Puisse-tu voir longtems tes jours dans l'allégresse,
Je n'ai rien à t'offrir que ce vœu pour présent,
Daignes le recevoir, & mon cœur est content.

Au même, en lui envoyant un présent pour le jour de sa Fête.

DE ce mince Bouquet ce n'est pas la valeur
Qui pourroit acquitter notre reconnoissance;
Mais ce chétif présent offert par le bon cœur,
Peut seul mettre le prix à notre insuffisance.

D

AUTRE

A Mademoiselle . . . . sœur d'un Curé, qui m'avoit de-
mandé des vers pour le jour de sa Fête.

Vous desirez, jeune Nanette,
Que je fasse pour vous un ouvrage d'esprit,
Mais mon génie est si petit,
Qu'il craint de ne pouvoir vous rendre satisfaite :
Cependant je sens bien qu'il est de mon honneur
De répondre à votre requête,
Ainsi votre Bouquet, sans travailler de tête,
Sera plutôt le fruit des sentimens du cœur ;
Mais un autre soin m'embarrasse,
Car pour vous quels souhaits voulez-vous que je
fasse ?
Puisque les dons du ciel sont en votre faveur,
L'esprit plein de douceur, aimable autant que sage,
Sentimens délicats, & bonté dans le cœur,
De toutes vos vertus c'est le riche assemblage.
Un frere par ses soins, connu par sa candeur,
Vous les fit acquérir dès votre plus tendre âge ;
Votre sort en ses mains doit vous paroître heureux ;
De ce digne Pasteur suivez toujours les traces,
Que le ciel de nouveau vous comble de ses graces,
C'est l'unique bouquet où je borne mes vœux.

AUTRE POUR UNE ANTOINETTE.

Caractere excellent, bonté d'ame & de cœur,
Esprit vif, enjoué, propos pleins de douceur,
Joignez à tant d'attraits une taille parfaite,

N'eſt-ce pas l'abrégé du portrait de **Toinette ?**
Faite pour tout charmer par ces dons précieux,
Tu dois d'un tendre amant fixer le ſort heureux.
Antoine fut tenté par la gent infernale,
Il ſçut lui réſiſter, ſa gloire eſt ſans égale ;
Mais au lieu d'un démon, qu'un amant près de toi
Vienne pour te tenter & pour briguer ta foi,
Fais qu'il s'en rende digne, éprouve ſa ſageſſe,
Et du don de ta main couronne ſa tendreſſe,
Imite les vertus de ton heureux patron,
Sans réſiſter toujours à la tentation.
Qu'au gré de ton amour mon ſouhait s'accompliſſe,
Et que le ciel aux tiens ſoit à jamais propice.

AUTRE POUR UNE MARIE.

POur bouquet, aimable Marie,
Je vous ſouhaite un bon mari ;
Jamais ne paroiſſez marrie,
Quand lui-même ſeroit marri ;
Qu'importe à qui l'on vous marie,
Aimez toujours votre mari.

AUTRE POUR UNE THÉRESE.

Sur l'air, *Que chacun de nous ſe livre.*

POur une fête ſi chere
Réuniſſons nos accords,
Que chacun s'arme d'un verre
Et ſe joigne à mes tranſports ;
C'eſt Théreſe que je chante,   D ij

Buvons tous à fa fanté,
Et fecondez mon attente
D'un coup fouvent répété.

❀

Le bouquet que je préfente,
 S'il ne plaît pas par l'odeur ,
Que Thérefe fe contente
 Des fentimens de mon cœur;
Par cette fleur immortelle,
 Emblême que mon cœur prend ,
Il fera toujours comme elle ,
 Point fujet au changement.

❀

Doux plaifir qui nous entraîne ,
 Viens fixer notre deftin ,
Que l'aurore nous furprenne
 Avec le verre à la main ;
Je parle fort à mon aife ,
 Et j'ai lieu de craindre enfin
Que tout ceci pour Thérefe,
 Ne tourne en eau de boudin.

─────────────────

A M. D... *Sur fon départ précipité.*

QUEL chágrin
Vient foudain
Me furprendre ?
C'eft d'aprendre
Le pouvoir
Du devoir
Qui te guide

Et décide
Sans retard
Au départ
Qu'on t'ordonne
En perfonne,
Pour aller,
Quoiqu'on grogne,
Avancer
La befogne.
Cet inftant
Je t'objecte
Qu'il m'affecte ;
En partant
Tu me laiffe
En détreffe.
Je croyois,
Je t'affure,
J'efpérois,
Je te jure,
De paffer
Un hyver
Sociable,
Agréable
Avec toi.
Tu le voi,
Tout le monde,
Qui te gronde,
A raifon.
Pourquoi donc ?
C'eft de t'être
Pour fi peu

Fait connoître,
Car, pa bleu,
La quinzaine
Est à peine
A sa fin,
Qu'un matin
On t'annonce
En réponse,
Qu'il te faut
Aussitôt
Congé prendre
Pour te rendre
Où ton soin
Fait besoin.
Dans la route,
Reprends toute
Ta santé,
Ta gaîté ;
Je regrette
Ta retraite,
Mais enfin
Sois certain
Qu'en absence
Ou présence,
Je dirai,
Chanterai
Ton mérite
Et sa suite,
La douceur,
La candeur,
Cœur fidéle,

Plein de zéle ,
Enjouement
Si conftant ,
Caractere
Fait pour plaire
Toujours prêt
A vous dire ,
Sans apprêt ,
Chofe à rire ;
Un efprit
Qui féduit ,
Qui retrace
Avec grace .
Les fujets
Que tu fais
De mémoire
Ou d'hiftoire ;
Amufant
Et fans ceffe
Nous faifant
Politeffe ;
Sûr du choix ,
Je te crois
La franchife ,
Comme auffi
Bon ami ,
Sans furprife :
Puiffe un jour
Bien en Cour ,
T'y voir faire
Bonne affaire ,

D iv

Ton defir
S'accomplir,
Et ta vie
Sans envie ;
Mais reçois
Par ma voix,
Une eftime
Unanime,
Et de moi
Souviens-toi
En voyage ;
Tout m'engage
Aux regrets,
Mais permets
A ma verve
De jouir
Sans referve,
Du plaifir
De te dire
Et redire
Tout de bon
Je fuis ton
Plus intime
Serviteur,
Et t'eftime
De grand cœur,
Et te faire
Sans myftere,
Des adieux
Douloureux.

ADIEUX IRONIQUES

à un Babillard.

Ton départ,
Grand bavard,
Me fait peine,
Et ma veine
M'échauffant
A l'inftant,
Tout m'infpire
A te dire
En un mot,
Ou plutôt
A te faire,
Sans myftere,
Ton portrait
De Poucet;
Fais filence.
Je commence
Par ton corps
A refforts;
Tes Jambettes
Peu bien faites,
Ne font pas
Un feul pas
Sans cadence,
Car tu danfe,
Sans mentir,

D v

A ravir.
Mais tes cuiſſes
Que tu pliſſes
Ou tu fend
En accent
Circonflexe,
Pour le Sexe
Ne font pas
Des appas.
Ta Nature
En murmure :
Paſſons donc
Au tronçon ;
Mais qu'en dire
Sur ma Lyre ?
L'eſtomac
Eſt trop plat ;
Tes menottes
Courtes-bottes
Font mouvoir
Un mouchoir
De la poche
D'un bancroche.
Tu reſſemble,
Ce me ſemble,
Au Magot
Que Calot
Défigure
En peinture ;
Quand je vois

Ton minois
Toujours blême
Qui te chême ,
C'eſt un mal
Animal ,
Dont j'augure
La nature.
Ton eſprit
Eſt petit ,
Il eſt drôle ,
Il affole.
J'oubliois
Cette voix
Qui m'enchante
Quand tu chantes.
Plus heureux
Qu'amoureux
Près des Belles
Peu cruelles.
Ç'en eſt fait ,
S'il te plaît.
Fais-moi grace
Si je paſſe
Quelque trait
Du Portrait.

BOUTS RIMÉS

Envoyés à l'Auteur pour remplir.

Sur la Guerre du Grand Seigneur avec les Maltois.

Près de l'Empire Turc, Malthe eſt une *baraque,*
L'Officier Commandant, quoique ſans .*hauſſe-col,*
Mais ſemblable au Poiſſon enfermé dans ſa *caque,*
Eſt bien mieux à couvert que ſous un....*Paraſol.*
S'il ſe trouve réduit à manger du.......*fromage,*
Son Concert n'en ira pas moins en.....*G. ré ſol ;*
De cette Iſle gardant toujours le......*pucelage,*
Il chantera ſa gloire en voix de.......*Roſſignol.*
Si l'Ottoman échoue abandonnant ſa.....*ſoupe,*
Et que le déſeſpoir avec lui monte en....*croupe,*
Le Chrétien doit alors compoſer un.....*Sonnet ;*
Pour le voir s'éloigner les uns prendront leur *loupe,*
Les autres avec joie iront vuider leur.....*coupe,*
En s'ornant de Lauriers en place de.....*plumet.*

Autres Bouts rimés.

Surpris par une nuit en chaſſant un....*Vautour,*
Du lieu le plus voiſin je ſuivis la.......*lumière ;*

J'entre, je prens la main, & du sein le. . . . *contour*
D'une fille endormie au fond de sa. . . . *chaumière.*
Plus chaud dans mes desirs que le Roi de. . . *Maroc,*
Elle fit avec moi le déduit en. . . . . *Princesse.*
Comme de ses faveurs mon argent fut le. . . *troc,*
Son semblant de dormir me fit voir sa. . . . . *finesse.*

Autres Bouts rimés.

Par les soins de l'Amour, sous ses aîles à. . . *l'ombre,*
Mon Iris respiroit la plus douce. . . . . . . *vapeur ;*
Des beautés de son corps le trésor le plus . *sombre,*
Est celui des plaisirs que je pris de bon. . . . . *cœur.*

Autres Bouts rimés d'une Chanson.

Sur l'air, *Vous Amans que j'intéresse.*

Tes beaux yeux, chere. . . . . *Thémire ;*
M'ont rangé sous ton. . . . . . . *empire,*
Depuis ce tems je. . . . . *respire,*
Je ne pense plus qu'à. . . . . *toi ;*
Prens pitié de mon . . . . *martyre,*
Je ne pense plus qu'à. . . . . *toi.*

Qui te voit, si-tôt. . . . . *t'adore ;*
Du feu du Dieu que. . . . . . . *j'implore,*
Le tison qui me. . . . . *dévore,*
S'enflammeroit-il pour . . . . *moi ?*
Ah ! je sens. . . . . *encore*
Ta trop rigoureuse. . . . . *loi.*

Si quelque jour ma.........*tendreſſe*
· Triomphe de ta...........*foibleſſe*,
Mon cœur, malgré cette......*yvreſſe*,
Crains que tu ne diſe non,....*non, non.*

Je voudrois toucher,.........*Thémire*,
Au ſeul but que je..........*deſire*;
Pour jouir d'un tel..........*délire*,
Je donnerois tout mon.........*bien*;
Mais dans ton cœur fais-moi......*lire*
Le plaiſir qu'auroit le..........*mien.*

CHANSON pour une Société d'Amis.

Sur l'air, *Ah voilà la vie, la vie, la vie,*
ou *Vau-de-ville de la Foire de Bezons, Opera comique.*

D'Une humeur joyeuſe
Chantons nos plaiſirs,
Qu'une vie heureuſe
Borne nos deſirs.
Ah voilà la vie, &c.

Rendons-nous affables
Aux honnêtes gens,
Et ſoyons traitables
Pour les indigens.
Ah voilà la vie, &c.

Qu'ici la débauche
Ne puisse regner,
C'est donner à gauche
Que de s'y livrer.
Ah voilà la vie, &c.

Quand Jupiter tonne,
Malgré tout son bruit,
Le jus de la tonne
Calme notre esprit.　　Ah, &c.

Foin du Dieu Neptune
Qui n'a que de l'eau,
Toute ma fortune
Est dans mon caveau.　　Ah, &c.

De ses eaux l'écume
Fit naître Vénus,
Et mon cœur s'allume
De feux inconnus.　　Ah, &c.

Il faut pour ma gloire
Eteindre ces feux,
Qu'on m'apporte à boire
Et je suis heureux.　　Ah, &c.

Pluton, son grimoire,
Ne me font point peur,
Quand je suis à boire
Je nargue l'horreur.　　Ah, &c.

Vuidons la bouteille
En chantant Baccus,
Elle fait merveille
Quand on fait chorus.
Ah voilà la vie, &c.

Remplis d'allegreſſe
Célébrons Momus,
Et rions ſans ceſſe
De tous ſes rébus.
Ah voilà la vie , &c.

    Qu'une ame perplexe
Change ſes humeurs ,
Chantons le beau Sexe
Qui charme les cœurs.   Ah , &c.

    Vive la tendreſſe
D'un cœur bien épris ,
Mais point de foibleſſe
Quand on eſt trahi.   Ah , &c.

    Que parmi nous régne
Les Jeux & les Ris ,
Que ſous notre Enſeigne
Soient les vrais Amis.   Ah , &c.

    Le goſier s'altere
Je veux l'humecter ,
Si je bois ce verre
C'eſt pour mieux chanter. Ah , &c.

    Avec l'accolade
Joignez-vous à moi ,
Pour boire à raſade
La ſanté du Roi.
Ah voilà la vie , &c.

ENIGME Iere.

LE feu que je reffens me caufe une vapeur
Qui me donne du noir trop amer à mon cœur,
Tout ce qui me repais fe réduit en fumée,
Quelquefois fans amour je me vois confumée ;
Avec le fer en main on m'offre un aliment,
Un foufflet qui fuccede, augmente mon tourment.
Chacun avec plaifir près de moi prend fa place,
Plein de feu d'un côté, l'autre couvert de glace ;
C'eft deffous mon manteau qu'on débite fouvent
Ce que mon corps reçoit, & qu'emporte le vent.
Echauffée une fois, fans faire aucun reproche,
Je fais rougir le front de celui qui m'approche ;
Je perds de mes chaleurs lorfque l'on fait mourir
Celui qui doit avoir le foin de me nourrir,
Et quand il eft réduit tout-à-fait en pouffière,
Ses cendres n'ont plus rien de fon humeur altière :
Un Garde cependant, qui ne le quitte pas,
Sait parer au danger qu'on craint par fon trépas.

Autre. II.

JE fuis un être inanimé,
Ma tête eft fans cervelle,
J'ai des yeux, une bouche, un né,
Mais fans fonction naturelle ;

Depuis la tête jufqu'au pié
Je fuis rond , long & maigre ,
Auffi ne fuis-je point allegre ,
Car je refte où l'on m'a planté.
Combien de gens en cette vie ,
Qui croyant avoir du génie
    Mieux qu'un Moulin à vent,
    Me reffemblent fouvent.

Nota. Il faut être l'énigme même pour ne me pas deviner.

Autre III.

EN mettant à l'écart le devant de Nanon,
D'un animal à poil tu trouveras le nom.

LOGOGRIPHE Ier.

JE me tiens boutoné , ce n'eft pas fans raifon ,
Quand on veut fatisfaire aux befoins de la vie,
L'on me met à l'écart lorfqu'il en prend envie,
Je fuis emprifonné quand je fers de prifon ;
    Et fi chacun a fon déboire ,
    Nul n'en effuie autant que moi.
Sans deffein de me vendre on m'expofe à la Foire,
Je fuis deffus le trône affis avec le Roi,
Je renferme en mon fein une bête de fomme ,
    Avec le nom de plufieurs chefs de Rome.
Un membre du vifâge ajoûtant un accent,
Qui feul peut définir ce que je fens fouvent.

Un peu de Mouſſeline artiſtement pliée,
Avec un petit poids, un tranquile amas d'eau,
Ce qu'il faut ajoûter pour ſe ſervir d'un ſeau;
Une Ville Picarde, un grand jour de l'année,
Ce qu'on donne à l'Ecole, un parfum renommé,
Les quatre quints du nom d'un grand Peintre de
    France,
Avec deux pieds de plus je forme une balance.
En veux-tu ſavoir plus, je t'offre encor la clé,
Mais pour me deviner il ne faut pas tout dire,
Ce peu de mots, Lecteur, je crois, te doit ſuffire.

Autre II.

TEl fut toujours mon ſort d'être formée exprès
Pour répondre aux beſoins d'un objet plein de
    flamme,
Le feu qui le conſume, & que mon ſein réclame,
M'oblige, par devoir à demeurer auprès.

A préſent ſur ce corps exerce ton eſprit,
Tu trouveras de quoi te donner appétit,
Avec une autre tête encor comme la mienne,
Je formerois un homme, & le ferois ſans voix,
Une feuille piquante, une autre feuille In-
    dienne,
Une fille de l'air qu'on entend dans les Bois,
Peu de choſe qui ſert à la coqueterie,
Ce que tu trouveras ſous tes doigts en chemin,
Quand tu voudras toucher Vielle ou Claveſſin,

Ce que dans un pic-nic, chacun paye en partie,
Ce que forme la mer quand elle eſt en fureur,
Un Aſtre vagabond, le double nom d'un Livre,
Au milieu d'un flambeau ce qui fait la lueur,
Une Saiſon par qui le Printems ſe fait ſuivre,
Le ſurnom de Priape, un oiſeau de la Nuit,
Ce qui garnit le dos de tout Gagne-petit,
Le Maître du logis trouve ici ſon partage :
Devine, ſi tu veux en ſavoir davantage.

VISION RÉELLE.

ET le premier jour de Janvier, dès le grand matin, je crus être éveillé, & je l'étois effective-ment, & je faiſois des réflexions dont je ne me ſouviens plus, & dont je ne me ſoucie guéres ; & j'entendis ouvrir la porte de mon apartement, & je vis entrer un inconnu que je n'avois jamais vu, & il avoit l'air embarraſſé & le viſage pâle & blanc & les ſouliers poudreux, & en m'appellant par mon nom, il me contraignit à me lever, & je me levai, & je mis ma robe de chambre en tremblant; & comme j'ignorois ſon deſſein, je m'approchai de lui & il m'obligea de me mettre ſur un ſiége, & auſſitôt je me ſentis ſaiſir par le col, & il me mit une eſpéce de hauſſe-col, & il me couvrit la joue avec ſa main, & je ſentis à l'inſtant une ſueur par tout le viſage, & je le ſentis tout mouillé, & les gouttes en tomboient de tous côtés, & cela me

faifit au point que j'en perdis refpiration, & j'é-
tois plein d'écume fans pouvoir proférer une parole, & je vis cet inconnu tenant une arme blan-
che dont la lame reluifoit, & il me la mit fur la
gorge, & je n'étois alors qu'à un doigt de la mort,
& comme s'il eût voulu me faire fouffrir davantage, il prit de l'eau & du vinaigre & il m'en jetta
au vifage, & je rouvris les yeux, & il me prit par
les cheveux, & il me lia, & je le vis enfuite fe
faifir d'une autre arme & il me l'approcha de la
tête, & fans me bruler la cervelle, il ne fit que
m'effleurer l'oreille, & il s'en reffaifit encore d'une
autre qui ne fit pas plus d'effet, & qui ne fit que
me toucher la pointe des cheveux ; & voyant que
je refpirois toujours, il me fit à la fin mordre la
pouffiere, & je refermai la paupiere ; & voulant
achever fon ouvrage, il prit les feules armes qui
lui reftoient à fe fervir, & c'étoit des cizeaux, &
je fentis qu'il me coupoit des parties fuperflues de
mon corps ; & comme ma bourfe étoit fur ma
commode, il s'en faifit & il me reprit par les cheveux, & moi, à ce dernier trait, j'ouvris pour la
feconde fois les yeux, & je repris courage, & je
me faifis d'un couteau fous ma main, & je vis dif-
paroître mon inconnu, & je m'effuyai le vifage,
& je me regardai dans un miroir, & je me trouvai
la barbe faite & les cheveux frifés & accommo-
dés, & je m'aperçus enfin que c'étoit un nouveau
garçon perruquier que l'on m'avoit envoyé, & je
fus fatisfait de ma vifion.

SONGE ALLÉGORIQUE,

A M.... en reclamant fa protection.

LEs fonges quelquefois répandent fur nos fens
Des charmes inconnus qu'aujourd'hui je reffens ;
Du bonheur qu'on éprouve aifément on s'enyvre,
A cette illufion fans réferve on fe livre ,
Elle affecte fouvent & l'efprit & le cœur,
Cruel eft le réveil qui nous tire d'erreur.

    Cette nuit je rêvois que j'étois dans une Ifle
Où les infortunés venoient chercher azyle ;
D'un côté l'on voyoit les bords d'un continent
Ingrat & cultivé par un peuple indigent ;
Les travaux, les foucis, mille foins , mille peines
Accabloient l'habitant de ces arides plaines ;
Je rêvois qu'autrefois j'y connus le malheur,
Que j'y fçus réfifter par principe d'honneur ,
Qu'ardent pour le travail je m'armai de courage,
Je franchis les dangers, & quittant le rivage,
J'abordai dans cette Ifle où redoublant d'effort,
Je crus aller plus loin quand je vis l'autre bord,
A l'oppofé duquel on voit une prairie
De tous côtés riante, émaillée & fleurie ;
Mais je me tais ici fur la defcription
D'un féjour enchanté, pays de fiction,
Où celle qu'on fe fait eft mieux imaginée

Que celle qu'un détail voudroit peindre à l'idée.
Au milieu du valon on avoit confacré
A l'aveugle Fortune un Temple révéré,
Ses faveurs font fouvent le prix de la baffeffe,
Mais fachons rendre auffi juftice à la Déeffe.
Plufieurs chemins frayés conduifent les mortels
Qui veulent l'encenfer, jufqu'aux pieds des autels.
Celui du vrai mérite avoit l'honneur pour guide,
On voyoit la vertu qui lui fervoit d'Egide.
Parmi tant de fentiers qu'on trouvoit à choifir,
Ce dernier fut toujours le but de mon defir;
J'afpirois au bonheur de partager la joie
Des mortels fortunés qui tenoient cette voie;
Un d'entr'eux m'affecta par fon air gracieux,
Ses amis exaltoient fes bienfaits généreux;
Si chacun lui faifoit une cour affidue,
A fon rare mérite elle paroiffoit due;
Son affable langage, interpréte du cœur,
Dévoiloit aifément fa bonté, fa candeur;
Cet humain vertueux fe tenoit à l'entrée
Du chemin le plus droit de l'heureufe contrée.
Il furprit mes regards, mon cœur en fut ému,
Je l'entendis nommer, ce cœur l'a reconnu:
Je brulois d'aborder ce mortel refpectable,
A mes vœux il parut fe rendre favorable.
Je connoiffois déja le prix de fes bienfaits,
J'en avois récemment reffenti les effets,
Et voulant de nouveau m'en donner quelque mar-
    que,
Comme dans ce féjour chacun avoit fa barque,

Il monta dans la fienne , & traverfant foudain ,
Il aborda ma rive & me tendit la main ;
Tout alloit au moment combler mon efpérance ;
Pénétré de refpect & de reconnoiffance
Pour le vif intérêt qu'il prenoit à mon fort ,
Je lui donnai ma main pour paffer fur fon bord ,
Lorfque du blond Phébus la brillante lumiere ,
Annonça fon retour & m'ouvrit la paupiere.
Le bonheur de mon fonge alors s'évanouit ,
Mais un rayon d'efpoir d'en recueillir le fruit ,
Me le fit regarder comme un heureux préfage
De me voir quelque jour à l'abri du naufrage.

En vous je reconnois le Mortel généreux
Qui devoit me guider dans ce féjour heureux ;
J'abandonne mon fort à votre grandeur d'ame ;
Par vos foins bienfaifans qu'aujourd'hui je reclame ,
Réalifez mon fonge en m'accordant l'honneur
De vouloir déformais être mon protecteur.

F I N.

Mots des Enigmes.

Premiere. La Cheminée.
Deuxiéme. La tête à Perruque.
Troisiéme. Anon.

Mots & explication des Logogriphes.

Premier, est Caleçon, *dans lequel on trouve les mots*
Ane, Léon, Né, Col, Once, Lac, Ance,
Laon, Noël, Leçon, Aloë, V-anlo, Ba-
lance, Clé.

Deuxiéme, est Mouchette, *dans lequel mot on trouve
ceux*
Mêt, Home, Muet, Hoüie, Thé, Echo,
Mouche, Touche, Écot, Écume, Comète,
Tome, Mêche, Été, Mitto, Chouette,
Hotte, Hôte.

Fautes à corriger.

Pages.

5. *ligne* 26. ta langue fur la pierre, *lifez* ta langu'
fur la pierre

16. *ligne* 7. ne m'envoyez, *lifez* ne m'envoie.

Idem, *ligne* 10. donc du du, *lifez* du vinaigre.

Idem, *ligne* 28. honnête femme qni, *lifez*, qui.

19. *ligne* 12. que tu tu nous chanteras, *lifez* que.
tu nous chanteras.

39. *ligne* 26. J't'aimons à la rage, *lifez* Je t'aimons à la rage.

37. *ligne* 21. J'n'avons. *lifez* Je n'avons.

43. *ligne* 23. lui faire, *lifez* de lui faire.

51. *ligne* 2. hal êne, *lifez* alêne.

Idem. *ligne* 16. en leux f'fant voir, *lifez* qu'en leux
f'fant voir

63. *ligne* 7. Il n'eft jamais fi cher, *lifez* fi cheri.

www.ingramcontent.com/pod-product-compliance
Lightning Source LLC
Chambersburg PA
CBHW071114260626
47162CB00006B/2317